ピーナッツ一粒ですべてを変える

さかはらあつし

集英社文庫

「『ミリオンダラー・ベイビー』ってな、女のボクサーがクリント・イーストウッド扮するトレーナーに弟子入りする話なんや。優秀なボクサーを大勢育てた伝説のトレーナーなんやけどな、頑固で、口下手で、育てたボクサーたちには逃げられてばっかりや」

オレはそのまま話を聞いた。

「でな。そのトレーナー、最初は断るんや。でも、女のボクサーは必死で弟子にしてくれて頼みよる。そしたら、根負けしたトレーナーが弟子にする条件として、『オレの言ったことを必ずやること。どうしてやるのかは聞かないこと』って言うんや。そして、女のボクサーは言われたとおりやってチャンピオンになるという話や」

「はい」

「そういうやり方やないと無理や思う、理容室を何とかするのは。それでもなんとかなるかどうか……それでもやるか？」

「はい。ぜひ、お願いします」

オレはペコリと頭を下げた。

目次

第1章

暗中模索

ジョーさんを最初に見たのは、昨日までの雨が上がり、夏到来を思わせるような暑さの日だった。

前夜、高校時代のサッカー部の同級生二人とビールをたらふく飲んだので体が重かった。どんなに飲んでも翌朝店に立てばなにごともなかったかのような笑顔でお客さんの前に立つことを躾《しつ》けられたオレでも酒が残った。

同級生の溝辺《みぞべ》はサッカー留学してイギリスに渡り選手を目指したが挫折した。しかし、そこからサッカー選手のエージェント業を始めて成功していた。イギリス製のスーツにスイス製の高級腕時計で決めていた。三人が集まったのはもう一人の同級生で寿司職人の谷村《たにむら》がパリの高級ホテルの寿司店に職を見つけて渡欧するのを激励するのが目的だった。

〈オレだって精一杯頑張っている。引け目に感じることなんて何もない〉とは思うものの「おめでとう、乾杯」と心からの祝杯をあげた後、オレはひたすらビールを飲み続けた。流行りもしない新宿《しんじゆく》の理容室二代目のオレは活躍している同級生を目の当たりにして少しみじめな気持ちを持ったのかもしれない。

そして、翌日、ビールを飲みすぎた重い体で、オレ、大平法正《おおだいらのりまさ》は、常連客である外資系生保の営業マンの髪を切っていたのだが、この営業マンっていうのがくせ者で、親父を紹介しろとか、お袋を紹介しろとか、兄弟はいないかとか、とにかく営業に結びつけようとするのでそうとうウザい。

　とはいえ、オレも十年近く理容師をしているので客あしらいは上達している。

　適当に返事をしながら髪を切っていたら、隣の席での見習いの太朗《たろう》さんと客の話し声が聞こえてきた。一見《いちげん》のお客さんらしく、「お客さまカルテ」の情報を参考に世間話をしているようだった。

「どんな映画を今まで作られたんですか？」

「あほ、これからや」

「へ？　でも、映画監督ってここに書いてますよ」

「あほ、書くんはただや」

「映画監督をされてるんじゃないんですか？」

「あのな。世の中、自分で名乗ってはじめて成り立つ商売っていうのもあるんや」

「ははは……そういうのも、ありなんですか？」

「ありもクソもあるかい。自分で決めたんや。他人が決めるの待ってたら時間がかかりすぎるやろ」

「強引ですね」

「そんなことないで。世の中の新しい職業はいつも自分で名乗ることからしか始まらない。例えば、キャンドル・アーティスト。電灯もランプもない昔はみんなロウソクやからキャンドル・アートとか存在せんやろ。電灯の時代になって、誰かが言い出したに決まってる」

「な、なるほど」

隣から聞こえてくる会話は漫才のようだ。

その客は四十代後半。小太りでジーンズに濃い茶色の着古したTシャツ姿の男だ。太朗さんと客の会話にオレが担当している営業マンも耳をダンボにし始めていたのだが、商売柄か人見知りすることを知らないのか、営業マンは思わず隣の会話に飛び込んだ。

「どうやってご飯食べてるんですか?」

誰もが誰にも尋ねたいが、相当勇気の必要な質問だ。特に太朗さんもオレもお客さんのプライベートは根掘り葉掘り聞かないように教育されていたので、聞けずにいた。なので、そこに何の躊躇《ちゆうちよ》もなく飛び込んでいける営業マンは凄《すご》い、と感心した。

キョトンとした表情の男は、「どうやって飯なあ……」と呟《つぶや》いてしばらく考えた後、「右手に箸持ってやろ、やっぱり。あんたら、ちゃうの?」と答えた。

太朗さんもオレも思わず吹き出しそうになったが、なんとか堪《こら》えた。

からかわれたと思ったのか、顔を真っ赤にしたのは営業マンだった。

「そ、そういうことじゃなくて……」

「お仕事のことですよ、お客さん」

衝突の危険を察知した太朗さんは、すかさず反応した。

「あ、仕事？　今までの？」

「そうそう」

太朗さんは、お客さんのコントロールがうまい。

「ちょっと前まで経営コンサルタントしてました」


理容室にはいろんなお客さんが来る。オレたち理容師が出会うのは貧乏な人からお金持ち、健康な人から病弱そうな人、清潔な人から髪を洗うことを知らないのかと思うような人、円満な家庭の人から、奥さんに逃げられた人、息の臭い人やエッチな話しかしない人、真面目な会計士や博打《ばくち》好きの人まで本当に様々だ。その中には、経営コンサルタントを名乗る人もいるけれど、彼らがどんな仕事をしているのか、オレは全く知らなかった。営業マンの目がキラリと輝いた。それは獲物を見つけた獣の目だ。男が金を持っていると睨《にら》んだのだ。

しかし、営業マンはその輝きをスッと消し去った。商売っ気なんかギラつかせないほうがいいのだろう。そんなものが見えたら、お客さんが逃げるだけだ。営業マンは当然、それを隠す方法も知っているのだ。

以前、自動車の営業をしているお客さんから「本当の営業はモノを売ることではない」と教えてもらったことがある。**営業マンが目指すべきは「なんでも相談してもらえる信頼関係の構築」だ。**逆に、その信頼関係さえあればなんでも売れる。自分が本当に売りたい商品のことは忘れないでいて、なおかつ、その気配を消すことができるようになったらデキル営業マンへの扉が開いた瞬間なのだとも言っていた。

その自動車の営業マンは自分の話として言い難《にく》かったのか同僚の話としてこんな話をしてくれたことがあった。

「営業に行くと呼び鈴を鳴らすだろ。家の人が出迎える前にドアを開けて玄関に入り、上がり框《かまち》に並んだ靴を蹴り飛ばして散らし、自らしゃがんで整えながら待つ。すると家の人がやって来て、『あら、スミマセン』。いえ、とんでもありません、と家の人に向かって微笑《ほほえ》む」

そうやってお客の信頼を勝ち取るという戦法でトップ賞をもらったのだそうだ。

好感の持てる作戦ではないが、営業というのは凄《すさ》まじい世界なのだと思った。

「外資系の?」と営業マンは、ポーンと男の胸元に直球を投げた。

「まあ、そんな感じです」と男はいなせるならいなして会話を終わらそうという感じで、曖昧な返事をした。

しかし、営業マンはいなされるどころか、間合いを詰めた。

「『企業戦略の時代』、昔よく読みました」

「ああ、マイケル保田《やすだ》さんの本ですね」

「読まれましたか？」

「戦略系経営コンサルタント草創期のベストセラーですからね。でも、あの本、あんまり好きやないんですわ」

太朗さんはクリクリとした人懐っこい顔をしているが、身長は百八十センチ弱と大きな体でおまけにスキンヘッドでプロレスラーのような雰囲気がある。

営業マンの軽く突き出した左ジャブにドンピシャ合わせた右フックのカウンターが顎に炸裂《さくれつ》するかと思ったら、ゴングの音を聞いて待ってました、と割って入る名レフリーのように、太朗さんが「どうしてですか？」と男の返事を引き受けた。太朗さんの大きな体に営業マンは遮られた、体というのは大きいだけで威力があるのだ。

「あのな。今、理容業界、大変やろ？」

それを見て男は鏡の中の太朗さんに向かって説明を始めた。その男は百七十センチちょっとだが、太朗さんの大きな体にたじろぐこともなく、飼っている熊にでも話しかけるように柔らかな口調で話した。

『企業戦略の時代』は、戦略系経営コンサルタントの技術を紹介した、日本で最初の本だった。

だが、その本の中で、日本の旧来の、顔剃《かおそ》り、調髪、洗髪、マッサージまで行う理容室を不必要に総合的で非効率だと酷評した。それだけでなく、十分間千円でカットだけをするスタイルの理容室の到来を予言したのだ。

「それでですか……」太朗さんは一瞬納得したようだったが、「戦略系経営コンサルタントは普通のコンサルタントとは違うのですか?」と質問した。色んなお客さんを相手にする理容師の会話術は「とりあえず質問すること」である。質問すればお客さんは自分に興味を持っていると感じてくれるし、お客さんも本気で理解してもらおうと思っていない。髪を切る間のコミュニケーションだからそれで良いのだ。

「まあな」

男はまんざらでもない様子で解説を加えた。

戦略系経営コンサルタントとは、それまでのように何らかの業界で活躍していた人がそのノウハウを伝授するのではなく、企業をコンサルティングすることそのものが仕事である。

各種経営改善、経営改革のノウハウ、問題解決スキルを駆使し、毎月の顧問料というカタチではなく、プロジェクトごとに高額の報酬を得る経営の専門家のことだ。一九六

○年代ぐらいにアメリカを中心に欧米各国で生まれた職種である。
「戦略ってなんですか？」と太朗さんは踏み込んだ。

「日本人は勤勉だから、基本的にはみんな頑張る。でもな、『何を頑張ればいいかを考えること』を知らないんや。例えば、日本のヤクザ映画では果し合いする時『表へ出ろ！』だけど、007のジェームズ・ボンドは、すかさず相手の上着をずり下ろして、両手の動きを利かなくしてからボコボコに殴るわけや。こうして、**まず相手の動きを利かなくすることこそが『戦略的発想』**なんやけど、日本人はなかなかでけへんのや。ところが、欧米人はこれができるから、差がつくんや」

男は、そう言って、さらに解説を続けた。

「戦略とよく似た言葉に『戦術』がある。**『戦術』とは戦いに勝つための具体的なやり方、『戦略』は長期的視野と複合的思考で資源を活用する技術や。**これをボクシングでたとえるとな……」

左ジャブ、右ストレート、左ボディフックのコンビネーションを武器にすることを「戦術」というらしい。

それに対して、12R（ラウンド）の戦いをするとしたら、1Rから3Rまでは積極的に前に出て戦いポイントを稼ぐ。4Rから8Rまでは下がりながらカウンターを狙い、エネルギーの回復を図る、その間ポイントで負けることは覚悟する。9Rから12Rは敵の疲れたところを狙って前に出る。これで、あわよくばKO。たとえKOできなくても、前半3Rと後半4Rで、こちらが合計7R、相手が5Rを取り「判定勝ち」の確保を狙う、というのが「戦略」なんだそうだ。

「なるほど。やっぱり、雇ったら高いんすかね?」

太朗さんは、初めて聞くコンサルタント業界の話に興味津々のようだ。

「安くはない。どうやって報酬を決めるか興味あるか?」

「はい」

戦略系経営コンサルタントの多くは、海外の名門の大学院に留学したような、いつクビになっても文句を言わないプロばかりなので、彼らを会社に繋《つな》ぎ止めようとすると、どうしても給料がべらぼうに高くなる。

それなりに腕がいいコンサルタントなら、数千万円の年収だ。

「例えば年収が二千五百万円のコンサルタントのケースについて考えてみようやないか」

男は続けた。

「週休二日だとするやろ、一年間の稼働日は、365日÷7×5=約260日。年収を稼働日で割ると、一日あたり約十万円になる」

「はい」

「これに、『乗数』（コンサルティング会社の格により三から十と幅は大きい）と言われる数字を掛ける。仮に五倍だと日当五十万円だから、一日八時間勤務なら時給六万円ぐらいや」

「六万スか」

太朗さんは素っ頓狂な声を上げた。

「しかも、三人で二、三ヶ月かかるプロジェクトなら、数千万円から一億円の報酬というのは普通の話なんや」

オレが髪を切っている営業マンも、報酬の話を聞くのは初めてらしく、耳ダンボ状態だった。

「ヒエ〜、凄いですね」

「でも、利益一千億円の会社の利益を3％伸ばしたら、三十億円の儲《もう》けが出るわけだから、それを考えたらそんな高くないやろ」

男は、こともなげに言った。

マイケル保田は、アメリカでそんな戦略系経営コンサルタントという業界を確立した五人のうちの一人で、〝伝説のコンサルタント〟として知られていた。その保田が帰国し、まだ日本で成熟してなかった米国流経営コンサルティングのノウハウを日本に紹介するきっかけとなったのが『企業戦略の時代』だった。

「まあ、保田さんが悪いわけではないんやけどな」と、男は説明を続けた。「当時、わかりやすい例がなく、日本人に馴染みの深い理容室を例に出して紹介しただけなんや」

保田が予言したから「十分間千円の理容室」が日本に増えたのではなく、そもそもそれは、避けがたい社会の潮流だったのだろう、とも言った。

「でも、保田さんの予言は正しかったんやな。事実、そのとおりになってるしなあ」

『企業戦略の時代』が出版された一九七〇年代は、組合に属する理容室が大半だったから、大きな競争にさらされることもなかった。一部には、組合から離反し、低価格で勝負する理容室もあるにはあったが、その内容は、調髪、洗髪、顔剃り、マッサージありの「総合調髪」であり、理容の概念を大きく変えるほどのインパクトはなかった。

だから、競争主義のアメリカ系経営コンサルタントの保田がそういう批判をしたことにも、一理あるのだそうだ。

ところが今は、組合に属さない価格破壊型の理容室が次々と生まれ、業界全体の競争も厳しく、組合所属の理容室で前年の売上を維持できているところは数%もないのが現実だろうと、男は説明した。

「なるほどですね……」

太朗さんは感心したような相槌《あいづち》は打っていたけれど、オレは正直びっくりした。オレは子どもの頃から理容の世界にどっぷりつかって生きてきたから、男の言うことが正しいことはよく理解できたし、ここまで理容業界のことを把握している人がいることに正直驚いた。

「その本を書いた方をご存知なんですか？」

「保田さん」という言い方から、オレもこの男は面識があるのかなと思ったが、その質問を太朗さんが代わりにしてくれた。

「昔、クライアントを取られたことがあるんや」

男は、イヤなことを思い出してしまったかのような表情を見せた。

男の話によると、駆け出しのコンサルタント時代、某家電メーカーの若い役員に経営コンサルタントとして食い込み、小さなプロジェクトを二つ、三つ成功させた。それをきっかけに、彼を社長に育てようと思っていた矢先、マイケル保田が乗り込んできて創業社長に食い込み、過剰な接待漬けで籠絡して、奪取されたらしい。

「それでうまいことといってたら、まだええんやけどな」

男は続けた。結局、保田は経営の多角化を提案。創業社長がシナジー効果のない新規事業に次々と手を出して、息子に社長を譲る頃には会社の経営基盤がすっかりボロボロになってしまったらしい。

「オレがついた役員を社長にしていたら、今頃、世界最大の家電メーカーになってたろうにな……」

男は悔しそうに言った。

会話から取り残された営業マンは、目を閉じて寝たふりをしていた。それを見ていると、なんだか気の毒だった。

「じゃ、顔剃りしますね」

オレは絶妙のタイミングでバーバーチェアを倒し、営業マンを救うことにした。これで、営業マンは男の話につき合わなければいけない理由がなくなったのだ。

オレは、温めた蒸しタオルを営業マンの顔にかけてヒゲを温め、顔剃りを始めた。

——経営コンサルタントというのは何でも知っているんだな。

理容師をしているといろんな人に毎日出会うから、人物の目利きには自信があったが、男はどこかとらえどころがなかった。知識も豊富で説明もわかりやすく、頭がいいんだろうなとは思ったが、経済的に恵まれている気配は全くしなかった。

高そうなスーツに高級腕時計をしている営業マンのほうが、よっぽど金を持っているように見えるが、隣の男には、お金よりも何か得体の知れないエネルギーのようなものを感じた。

営業マンの顔剃りをしながらも、隣の太朗さんと男の会話は聞こえてきた。

「経営コンサルタントって、どんなことやるんですか？」

「一口には難しいなあ」

男はそう言って一瞬、顔をしかめて、鏡の中の自分をのぞき込んだ。

「なあ。鼻毛、頼むで」

「はい？」

「団子っ鼻やからな、鼻毛目立つんや」

オレは吹き出しそうになったが、なんとか堪えた。

しかめた顔の開いた鼻の穴から空気を二度ほど吸い込んでから、男は「いろんな言い方、あるなあ」と空気を吐き出すようにボソリと言った。

「鼻毛ですか？」

太朗さんはいい人なのだが、たまにお客さんの話を聞いていないことがある。

「ちゃうちゃう、経営コンサルタントの話や」

「ああ、そうでした、そうでした。どんな仕事です？」

太朗さんは臆面もなくフォローに出た。

「『おもちゃ箱の整理』って言う人もいるな」

「おもちゃ箱ですか？」

「そうや。経営者って、考えなアカンことが山のようにあるやろ。あれやらな、これやらなと、頭の中一杯や。箱の中に人形やら積み木やら、形も大きさも違うおもちゃがゴチャゴチャに入ってるようなもんや。それを整理してあげるんが経営コンサルタントや」

「へー」

「他人ごとやと案外できるけど、自分のことやとでけへんこと多いやろ」

「はい」

「そういう感じかな」

「整理するだけならできそうですね、アドバイスするぐらいなら自分で商売やったらいいのにと思っていました」

「結構、難しんやで」と男はムッとしたように言った。

太朗さんは天然だから、ついこういうことを言ってしまう。見ていて、たまにヒヤッとすることがある。

「経営のアイデアを会社に提案することもある」

「そうなんすか？」

「クライアントの連中は、経営者をはじめ専門家の集団や。専門家は、専門に詳しくなればなるほど、自分たちがやっていることの前提を疑わなくなる。だから逆に、いいアイデアが出にくくなってしまう。それが人間やろ」

こういう空気に慣れてしまうと状況が見えなくなってしまうので、新しい視点から見直すために他人の力を借りることを、英語では〈フレッシュアイズ〉で見るという。

「新鮮な目で見る」という意味なのでわかりやすい。

太朗さんは男の話を聞きながらも丁寧にハサミを走らせていた。

これとは別に、〈デビルズ・アドボケイト〉という表現もある。直訳すれば、「悪魔の代弁者」という意味で、会議などでの同調圧力に負けないために「あえて反論する立場」を取ることを指す。

経営者は成功すれば成功するほどイエス・マンに囲まれる傾向になるので、本当に成功する経営者は〈デビルズ・アドボケイト〉として「本当か？　間違っていないか？」と反論してくれる経営コンサルタントを雇うことも多い。

〈フレッシュアイズ〉も〈デビルズ・アドボケイト〉も、経営コンサルタントの重要な仕事だそうだ。

太朗さんにはわかりにくいようで一瞬手を止め目をパチパチしていた。

「たとえば、旅行者が旅先で泊まるところは旅館かホテルがふつうやけど、インターネットで部屋を貸してくれる人を見つけられたら便利だ、と気づいた連中が民泊のウェブサイトAirbnbを始めた。ところが、このサービスを始めた創業者三人の中にホテル関係者は一人もいなかった」

「なるほど」

「門外漢やから見えることもあるんや」

「門外漢ならいいんですかね？」

太朗さんは踏み込んでいった。

「そんなわけないやろ、ボケ。ビジネスはまんじゅうなんや」

男の声は大きくなった。

「ま、まんじゅうですか？」

「そうや。まんじゅうはアンコと皮でできとるやろ。これを理容室にたとえるとな……髪を切る技術がアンコや。そして、理容室をどういうふうに運営するかという経営技術が、まんじゅうの皮や。つまり、アンコと皮がうまく組み合わさってこそ美味しいまんじゅう、つまり繁盛する理容室になるというわけや」

「なるほど、うまいこと言いますね」

「で、皮である経営技術そのものは基本的にどんな業種にも応用できるから、アンコが何であっても包むことができる。まあ、**経営コンサルタントというのはまんじゅうの皮**の専門家や、と思たらええわ」

「はい」

「まんじゅうの皮の専門家は、アンコも皮も含めた美味しくて売れるまんじゅうを作るためのサポートをする役割や。それはそれで、専門があるもんなんやで」

「専門の知識ってあるんですね」

「そうやな、ほんで、企業の戦略も個人の戦略も一緒なんや。結局、人間も企業も、インプットがあって、活動があって、アウトプットする。同じことやないか？　**企業戦略を駆使すれば人生戦略でも勝てるんや**」

「戦略」という言葉は、もともと軍事用語だった。それが経営と結びついて「経営戦略」となったが、さらに「人生」や「キャリア」と結びつき、「人生戦略」として社会に定着しつつある。

「手法」は新しい対象を求め、「新しい考え方」を生み出す。それをいち早く察知して対応する者が、生き残るのである。

男は、そう付け加えると疲れた表情になり、目を閉じた。

午後八時を回り客足が止まった。眠らない街、新宿もその頃に髪を切りに来る人はいなくなる。

オレは、西新宿《にししんじゅく》で「ザンギリ」という理容室を営む夫婦の一人息子だ。

「ザンギリ」は、ヨドバシカメラの新宿西口本店から徒歩三分のオフィスビルの地下にある、バーバーチェア七席の小さな店で、スタッフは、親父、お袋、見習い中の太朗さんとオレの四人。

親父は二店目に向けて貯金を始めているようだが、体調がよくないと言っているのが心配だ。オレとしても、親父の目の黒いうちに、何とか夢を叶えさせたいと思ってはいるのだが、理容業界そのものが斜陽の一途をたどっていて、その斜陽化の波に飲み込まれるように、「ザンギリ」も経営多難な状態が続いている。

通常、「ザンギリ」くらいの規模の理容室なら、月に八百人弱の来客が繁盛店と言われているが、ここ最近の「ザンギリ」の来客数は五百人がいいところだ。自然と、手持無沙汰になる時間が増え、店内にもどこかしら弛緩《しかん》した空気が漂っている。

今どきの若い男性は美容院か「十分間千円理容室」で髪を切り、中高年の男性のうちそういった低料金の理容室に行かない僅かなお客さんが、「ザンギリ」のような組合所属の五千円前後の理容室に来てくれる。

さらに、理容師の数が少ないのも深刻な問題だ。先日も、「年間の理容師登録者数が三千人を切った」と聞いた。四千人近くが登録していた二〇〇一年頃に比べれば、理容師になりたい若者は、確実に減っているのだ。

同じ髪を切る仕事とはいえ、〝カリスマ美容師〟がもてはやされ、女性客中心で料金も高めの、美容院の繁盛ぶりとは雲泥の差だ。

——そんな最悪な状況の中で、「ザンギリ」を〝繁盛する理容室〟にしたい、と思っているオレは世間知らずなのか？　無謀なのか？

でも、オレは、理容の腕には自信があった。

事実、所属しているＨＣＡ（Hair Cut Association:ヘアカット協会）という業界団体のコンペで日本チャンピオンになったことがあり、その賞品として、ロンドンの名門理容学校「ヴィダル・サスーン」で二週間の研修も受けてきた。

だが、理容の技術と経営の技術は違う、とさっきの男は言っていた。

「髪を切る技術はアンコ、理容室の経営技術はまんじゅうの皮」だと。

とすると、アンコの美味さには自信がある「ザンギリ」に必要なのは美味しい皮ということになる。でも、経営技術なんか学んだことがない。今まで、理容学校や見習いを通して、ひたすら理容技術を磨くことに精魂傾けてきたのだから。

——どうすればいいんだろう。

オレは、客が途絶えた店のソファで、さっきの男が書いていった「お客様カルテ」を眺めながら、将来の不安に押しつぶされそうになっていた。

氏名　空野　錠　四十八歳

職業　映画監督

住所　新宿区須賀町九番地　Yachiyo　Hills　101

その夜、紀伊國屋《きのくにや》書店に立ち寄った。昼間の男の話が気になって、本でも読めば何か参考になるのかなと思い、経営書コーナーがある四階に向かった。

マイケル保田の『企業戦略の時代』をレジで尋ねると、「ありますよ」と売り場に案内して、文庫本を手渡してくれた。

購入後、フラフラと他の本を見て歩いたが、「金融」「イノベーション」「財務諸表」「マーケティング」「貿易」「ベンチャー」といった、オレには関係なさそうなキーワードばかりが目に飛び込んできて、疲れた。

それでも、「経営書で売れてる本はなんですか?」と書店員に聞いて、薦めてもらった本三冊をとりあえず買っておくことにした。

再びレジに行くと、五、六人が並ぶ先頭に、今日やって来た元経営コンサルタントで自称映画監督の男がいた。何やら分厚い難しそうな本を買うようだ。

話しかけようかと思ったが、やめた。自分が髪を切った客ならまだしも、隣で太朗さんが担当した客で、知り合いでも何でもない。そもそも声をかける理由もなかった。

男はレジで本が入った袋とお釣りを受け取り、オレの前を通り過ぎて行った。一瞬、目が合ったかと思ったが、男は全く気づいていない様子だった。

翌朝、朝食の席でお袋が口を開いた。

「大下《おおした》さんから、知見《ともみ》さんのこと聞いているけど……」

大下さんというのは、オレが先月まで見習いをさせてもらっていた四谷三丁目《よつやさんちょうめ》にある理容室「オオシタ」のマスターで、親父の弟弟子にあたる。知見は、その「オオシタ」でオレと一緒に働いていた後輩で、周りから結婚することを勧められていた。

「まあ、それが一番いい気がするな。理容室って家族経営がやりやすいから」

親父は新聞から一瞬目を離して言った。

オレはこの家で生まれ育った。しかも、理容師という仕事が好きだった。いろんなお客さんがやって来て、いろんな話をしていく。髪を切られ、姿が変わっていく鏡の中の自分をじっと見つめる人もいる。疲れて眠り、一時の休息の場にする人もいる。清々《すがすが》しい表情をしてお金を払う人がいる。

それらの人たちを家族で温かく、丁重に受け入れることを、毎日繰り返す。そんな理容室が大好きだ。知見が加わってくれることは大歓迎なのだが、現状のままスタッフ数だけが増える状況は、大変といえば大変だ。

「何とかなるさ」と親父は言った。

たしかに、家族経営の理容室は、収入が少なくても何とか回る。

「でもオレ、繁盛する理容室にしたいんだよ」と気づいたら口から言葉が溢《あふ》れていた。

「お客さんが次から次へと来て、大勢のスタッフで迎えられるような」

「そんな時代でもないけどね」とお袋は言った。

組合の人からも「理容室は冬の時代だよ」とさんざん聞かされていた。

「経営コンサルタントの力を借りたら、うまく行かないかな？」

オレは、昨日来た隣の客を思い浮かべながら言った。

「どうだろうね……もともとそんなに大きく儲かる商売じゃないし……でも、業界以外の人の話を聞くのはプラスになると思うよ」と親父は言った。

親父は昔から、新しいことをやってみようという人だったが、「でも、そんなお金ないよ」とも付け加えた。そのとおりだ。高額の報酬で仕事を受ける経営コンサルタントを雇うなんて不可能だ。

「本を読んでみるよ、昨日買ってきたから」

「そこからだね」と親父は頷《うなず》いた。

時間を見つけて、買ってきた本をパラパラめくってみた。

まず『企業戦略の時代』。たしかに理容室のことについて、男の言ったように「日本の理容室は顔剃り、調髪、洗髪、マッサージという総合調髪で非効率だ。顔剃り、洗髪は自宅でできるし、マッサージはマッサージ機を買った方が安くて効率的だ」とは書いてあったが、具体的にオレはどうすればいいのかは何も書いてなかった。理容の話以外は、滅茶苦茶《めちゃくちゃ》難しかった。しかも、理容の話は「理容は駄目だ」としか書いていなかった。『財務諸表入門』は、なんか数字の話だということはわかったが、それだけだった。『ポーターの経営戦略がわかる』は、図があるだけで、それ以上のことはわからなかった。そして、『キャズムマーケティング理論入門』は、テクノロジーに関する本だとわかったが、理容室とどう関係があるのかわからなかった。

一言で言うと、買った本は全てチンプンカンプンだったし、どう役に立ててよいのか皆目見当もつかなかった。

オレはどうせ家業の理容室を継ぐのだから理容師には勉強はいらないと中学、高校とサッカーにばかり夢中になった。わかりもしない本を買った自分が馬鹿らしく思えた。本なんか読んで、繁盛する店ができるなんて無理だと思った。絶対に無理だと思った。しょせんオレは、ごく普通の家族経営の理容室の息子であって、それ以上のものではないのだ。

太朗さんも「ボクは普通に理容師として飯が食えたらいいですから」とよく言うが、それが理容師のごくまっとうな感覚なのかもしれない。

それでも、オレはなんとかしたかった。

あの日から新宿の街には秋が来て冬となり冬は春となり春は夏となった。

オレはその時、「ザンギリ」のトイレの中で大便をしていた。大便をしながら『企業戦略の時代』を読んでいた。

朝から店で働き、閉店後は「オオシタ」の後輩のカット練習に付き合い、ときには大下さんの晩酌に付き合うこともあって、トイレにいる時だけが一人の時間だった。

これまで三回ぐらい『企業戦略の時代』を読んだ。蛍光ペンを片手に線を引きながら丁寧に読んだが、一つも役に立つことが書いてある気がしなかった。

オレはとにかく「ザンギリ」を繁盛させる手がかりが欲しかった。「何かないのか?」「何かヒントがあるはずだ」と思いながら読んでいるのだが、未だに見つけられない。

あの正体不明の男も、あれ以来見かけなかった。

——ひょっとして、あの男なら何とかしてくれるかもしれない。

そんな直感はあったが、根拠はなかった。家を訪ねてみようかとも考えたが、いくらなんでもそれはやりすぎだろうと思ってやめた。

「オレの直感が間違っているかもしれない」と思うこともあった。たまたま、理容室や理容業界の現状を知っていただけかもしれない。

——やっぱりダメかもな。まあ、坦々《たんたん》とやるしかないか。

そうつぶやいてトイレを出たら、太朗さんがお客さんの髪を洗っているのが見えた。

あの男だった。オレがトイレに入っている間にやって来たのだ。

前回と同じく、ジーンズに濃い茶色のTシャツを着ていた。どうみても金はなさそうだったが、不思議な力を持っていそうな印象は変わらなかった。

最初の洗髪が終わると、太朗さんに代わってもらい、自分で切ることにした。

「お客さん、今日はどんなふうにします？」

「任せるわ。髪型のことようわからんしな」

「じゃ、だんだん涼しくなるんで、耳にかかるぐらいで」

「そんな感じで頼むわ」

洗髪で潤った髪に、切りやすいようにクシを入れていると、男がじっと、鏡の中のオレを見ていた。そして、ボソリと言った。

「カミに見放されし者は、そのウンを自らの手でつかめ」

オレはハッとした。

——この男、オレのことを覚えている。オレがこの店をなんとか繁盛させようと思っていることを知っているんだ。千里眼を持っているに違いない。

「わかるか？」

「はい」

「どういう意味や？」

「神様に見捨てられても、やりようはある。自分で努力して運をつかめ、ですよね」

「ちゃうがな」

「へ？」

「便所で紙がない時は、ウンコを自らの手でつかむしかない。人間、困ったら何でもやる。それが人間や、いうことや」

——この男、なんなんだ!?

　オレは身構えた。

「君、今トイレから出てきたやろ。ちゃんと紙あったか？　手は洗ったか？」

「あ、ありましたよ。手も洗いました」

「よかったわ、君もよかったけど、こっちもよかった。おおきに。そのままの手で髪触られたら、どう考えてもイヤやろ。おおきに、おおきに、ありがとう」

「はあ」

「人間な、感謝が大事や。いつも感謝してたら、自然と愛想ようなる。愛嬌《あいきょう》も出る。愛嬌が出たら、運がつく。運と愛嬌が揃《そろ》えば、成功の黄金タッグや。パナソニックの創業者・松下幸之助《まつしたこうのすけ》も、『運と愛嬌が大切や』て常々言うてた」

「なるほど。お客さん、大阪《おおさか》の方ですか？」

「いや京都《きょうと》なんや。君、京都に行ったことある？」

「修学旅行で一度だけ」

「そうか……」

男はしばらく考えた後、続けた。

「京都にな、御髪神社てあるんや。髪の毛や理容の神さんが祀《まつ》ってある。今度、京都に行くことがあったら寄ってみたらええ」

「はい、ありがとうございます。ちなみに、前回『お客様カルテ』を書いていただきましたが、お名前、何とお呼びするんですか？」

「空野《そらの》錠《じょう》。ええ名前やろ」と悦にいった顔で教えてくれた。「ジョーと呼んでくれたらええわ、レインメーカーのジョーや」

——この人、オレのこと覚えているだろうか？

オレはジョーさんのニックネームの「レインメーカー」の意味がよくわからなかったがそれについて尋ねずに、大切な経営のことに踏み込んだ。

「ジョーさん、実はオレ、マイケル保田の『企業戦略の時代』を読んでみたんですが、難しかったです」

ジョーさんはホーと感心した表情で、「そういうたら、前回、髪を切ってもらいながらそんな話したな。髪を切ってくれたんは君やったかな？」と言って一瞬考えるそぶりを見せた。

「いえ、オレは隣で別のお客さんの髪を切ってました」

「へー、それで『企業戦略の時代』を読んだんか。信じられん熱心さと行動力やな」

「ありがとうございます」オレはペコリと頭を下げた。

「で、君、人生では究極的に何をしたいの？」とジョーさんは唐突に尋ねた。

「この理容室を繁盛させたいんです」とオレは何も考えずに答えた。

ジョーさんは少し感心したようだったが、何に感心していたのかはわからなかった。

「でも、マイケル保田の言うとおり、理容室は儲からへんで」

「はい、それでも繁盛させたいんです」

「そうか、理容室のどこがそんなにええんや？」

剣術の達人に立ち向かうとはこういうことなのだろうか。剣をごく自然に正眼に構えられ、スースーと距離を詰められ、たじろぎながら下がるうちに気づいたら道場の壁に追い詰められていた、という感じだった。

そして、達人が若造に稽古をつけてやろうと心を決めた瞬間のように、ジョーさんはニコリと笑って緊張を解き、「それがわかったら苦労せんわな」と言った。

「でもな……」とジョーさんは続けた。「好きなことがある、儲からんでもどうしても**やりたいことがあるいうんは、才能があるいうことやで**」

それを聞いて思わず涙が出そうになったがオレは堪えた。

「あのな、ええことを教えたるわ」

「はい」

「非合理的に決めた志を、合理的に追いかけた者だけが、志を達成するんや」

オレにはよくわからなかった。

「ど、どういうことですか？」

ジョーさんはニコリと笑った。

「合理的に志を立てるというのは、理屈で志を立てること。非合理的に志を立てるというのは、理屈抜きで『これやりたい』と志を立てること。わかるか？」

「はい」

「で、非合理的に追いかけるとは、何にも考えんと『ただ頑張る』ということ。合理的に追いかけるとは『何をどう頑張るか』をよく考えて志を追いかけることや」

「なるほど……」

オレが半分しかわかっていないのを見透かしたように、ジョーさんは続けた。

「理屈で考えて合理的に決めた志なんて、ちょっとしたことですぐ崩れてしまうんや。例えば、今流行ってるからというだけの理由でラーメン店を始め、おにぎりショップが流行りだすとすぐ乗り換えるようなヤツは、ものにならん。つまりな、儲かるからという理由だけで始めたことは、儲からなくなるとやめてしまうんや。でも、ホンマに成功したいヤツは、どうしたらいいかを死ぬ気で考えて、最後には成功する」

——そのとおりだ。

「そして、非合理的な志は『愛』や。君は将来性のない、儲からない、誰もやりたがらない、そんなアホしかしたがらないような理容室を繁盛させたいて言うてる。それは非合理的な『愛』でしか説明できんやろ？　ちゃうか？　せやから、君はアホ。正真正銘、ホンマもんのアホや。アホなんや」

ジョーさんは、オレの反応を試すような口調で、何度も繰り返した。

——チクショー。

「アホや言われて、腹立つか？　人はホンマのこと言われると腹立つもんや」

グウの音も出なかった。剣術の達人に道場の壁際に追い込まれ、指導してもらえるのかと甘い考えを持った瞬間に、真っ逆さまに柔術の「隅落とし（相手が踏み込んできたところに自分も踏み込み、隅に投げ落とす幻の必殺ワザ）」で投げられたような気持ちになった。ジョーさんの言っていることに分があるだけに腹が立った。

この人に何かアドバイスをもらえれば、「ザンギリ」を繁盛店にできるのではないかと一瞬でも思った自分に腹が立ち、怒りで震えそうになった。

その怒りを、鏡に映るオレの表情に見てとったのかもしれない。

「でもな、君は愛すべきアホなんや。本気なんや」

なんでだろう。その一言でオレの怒りはスーッと消えた。

「そこまで、やりたいことに出会えるのは才能やで」

「才能すか？」

急に褒められて居心地が悪かった。また、投げ飛ばされるのではないかと思った。

「そうや、才能や。あのな、絶対に夢が叶う方法、教えたろか？」

「そんな方法あるんすか？」

「ない思うやろ？　それがあるんや」

「本当すか？」

「叶う。誰がやっても叶う」

――本当にそんな方法があるんだろうか？　あるんだったらやってみたい。

それを見透かしたようにジョーさんは言った。

「ただな、それをやっていて途中で止めたら、逆にどんな夢も叶わなくなる。そういう怖い側面もある。しかし、やり続けたら絶対に夢は叶う。諸刃《もろは》の剣や。そういう方法あるんやけど、聞きたいか？」

「お金かかるんじゃないですか？」

「金か？　金はほとんどかからん。まあ、三ヶ月で千円かからんやろ」

「それは安いですね。なら、教えてください」

「現金やな。しゃあない、教えたるわ」

「お願いします」

「まず、近所のスーパーで、ピーナッツ三袋とプラスチック容器を買《こ》うてくるんや」

「はい」

「ピーナッツをすべて容器に入れ、毎晩、一粒だけ寝る前に食べる」

「はい」

「それを毎日、夢が叶うまで続ける」

「………」

オレの沈黙にジョーさんは気づいたのだろう。

「これで君の夢は絶対に叶う」

「これだけですか？」

オレが思わず「聞かなければよかった」というガッカリした眼差《まなざ》しを鏡の中に向けると、ムッとした表情になって「偉大な発明はシンプルなもんなんや。その発明を聞けた君は感謝すべきやで」とジョーさんは、口からつばを飛ばしながら言った。

「で、そのピーナッツには、どんな効果があるんですか？」

オレは聞かずにはいられなかった。

ジョーさんは、その問いを待ってたぜ、という感じで目を輝かせ、話し出した。

「人間というのは、成功のイメージを強く持つと、自然にそれを達成しようと心身ともに働き始める。そして、そのイメージが強ければ強いほど、具体化して行動する。だから、イメージを自分自身に植え付けることは大切なんや」

「はい」

「さらに、成功イメージを植え付けるには、人間の五感の中で、性器の次に敏感な口を使うのが最高なんや、ピーナッツを見て視覚、手で触って口の中で感じて触覚、口に投げ込む前に嗅覚、舌の上で味覚、そして、ピーナッツを食べる音が頭蓋骨に響き、聴覚を駆使して脳みそに伝えることが効果絶大。わかるか」

「はい、わかります」

「ピーナッツを毎晩、一粒食べることは、やる気になれば誰でもできるやろ。その誰でもできることを続けるのが、じつは難しいんや。SF小説の父と言われるジュール・ヴェルヌも『人間が想像できることは、人間が必ず実現できる』て言うてるんやけどな、全てはイメージすることから始まる。寝る前に持ったイメージは朝まで、リラックスして眠る脳に残る。そしたら、放っておいても問題を解く方法を見つけ出すように意識が働くんや」

ジョーさんは一気にまくし立てた。

「なるほど。やってみます」

ジョーさんはしゃべり疲れたようで、「寝るわ」とボソリと呟いて目を閉じた。

オレは、バーバーチェアを静かに倒して、顔剃りを始めた。気持ちよさそうに軽くいびきをかき始めたジョーさんの頬からあご、首と剃刀《かみそり》を滑らせていくうちに、なんだか心の中に立ち込めた霧がスーッと晴れていくような気持ちになった。

——一見、破天荒なようだが、話はわかりやすいし、言っていることにも理屈が通っている。経営の知識も豊富そうだし、やっぱり、この人がアドバイスをくれたら、「ザンギリ」を何とかできるかもしれない。

「あのぉ、ヘアカットモデルになっていただいたら無料になりますが……今度から定休日の日曜に来ませんか？　ただ、給湯が止まってしまうので、洗髪や顔剃りはできませんが」

入口の扉の横に貼った「ヘアカットモデル募集」の手製のポスターを見て、気がついたら口からそんな言葉が出ていた。

「へー、タダか？」

「はい。そのかわり、髪を切っている間、経営について教えてくれませんか？　オレ、何としてもこの理容室を繁盛させたいんです。でも、具体的に何をどうしたらいいのかわかりません。ぜひ、やり方を教えてください」

ジョーさんは返事をせず、そのまま目を閉じたが、「髪を洗います」と声をかけると、素直に洗髪台に頭を突っ込んだ。

「ホーッ！　頭を洗ってもらうのって、なんでこんなに気持ちいいんかな」

とジョーさんはしみじみと言った。

オレは、湿った髪を拭き、ドライヤーで乾かし、最後の仕上げをした。

髪をセットすると、どのお客さんもそうだが、どこか澄んだ表情になる。ジョーさんも例外ではなかった。そして、他のお客さんと同じように、鏡の中の自分を満足そうにじっと見つめた。全ての男が最もナルシスティックになる瞬間だ、とオレは思っていた。

――アドバイスをもらうのはダメなのかな……。

ジョーさんはオレを見て、少し悲しそうな視線を投げかけ、ポソリと言った。

「でもな、この業界、なんぼ腕のいい経営コンサルタントがついても厳しいぞ。〈プロダクト・ライフサイクル〉らしいものが存在しないからな」

ジョーさんは、指にシェービングクリームをつけて、鏡にグラフを描いた。

「一般的に、製品は市場に投入されてから、こういう感じで売れ始めたものが徐々に売れなくなり、姿を消すんや」

「はい」

オレはわからないままに生返事をした。

ジョーさんはお構いなしに続けた。

「導入期はな、新製品投入直後で売上も利益も少ない。しかし、成長期になると売上と利益が急伸するけど、同一製品カテゴリーの競争が激しくなる。そして、成熟期になると売上、利益が安定し、同一製品カテゴリーの競争の勝者が利益を享受するけど。しまいには最後のステージ、衰退期に入ってしまう。そして、売上、利益が小さくなり、同一製品カテゴリーが消えていくんや。わかるか？」

ジョーさんはオレの理解を確かめた。

「いや……」

オレはわかったフリは良くないと思った。教えてもらえる機会を逃してしまう、それに本気で説明しようとしてくれているジョーさんに失礼だと思ったからだ。

「そうか……じゃあ、車にたとえて考えよか」

「はい」

「日本でガソリンエンジンの車の製造・販売が始まった頃、つまり、導入期にはまだ車を買う人自体が少なかった。自動車メーカーの規模も小さく、売上も利益も少なかった」

「はい」

「この導入期、成長期のイメージは少し前にヒットした映画で『ALWAYS三丁目の夕

一般的なプロダクト・ライフサイクルの流れ

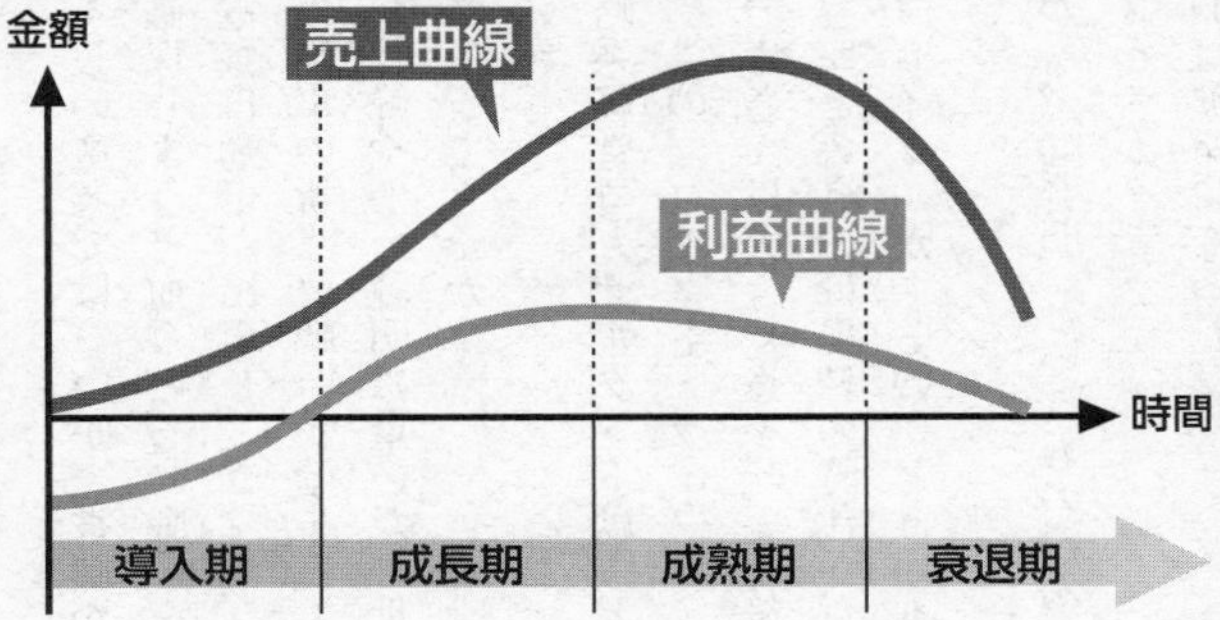

上図の流れが一般的だが、商品やサービスによっては、ロングセラーを続ける「持続型」や、何かのきっかけでブレイクする「遅咲き型」などもある。

日』というのがあるから見てみたらい
い」

「映画ですか？」

「何がおかしいんや、映画というのは社会を映す鏡やぞ」

「なるほど、そうですよね」

「素晴らしい映画や」

「はい」

「成長期に入る頃には、社会的に『車』が認知され、車市場そのものが成長し、売上、利益が急伸する」

「はい」

「ただし、競争は激化し、淘汰《とうた》が起こる。成長期には群雄割拠だったのが次の成熟期では数社に絞られる。具体的には、トヨタ、日産、ホンダ、マツダの四社。競争も落ち着き、売上、利益は安定する」

「はい」

「華々しい産業ではないが一番儲かる瞬間や、全ての企業は成熟期での優勢なポジションを確保しようと血みどろの戦いをしてるんや。しかし、それも永遠に続くわけではない。電気自動車が出現し、ガソリンエンジン車自体が衰退していくんや。そして、次は電気自動車の新しい戦いが始まるんや」

オレは鮮やかな説明に驚いた。世の中、こうなっているのかと目から鱗《うろこ》だった。

「イメージできたか？」

「はい」

「戦略系経営コンサルタントは、どういう製品で勝負するか、どの製品を諦めるかを考える。このプロダクト・ライフサイクル上の位置を見ながら考えるのが専門なんや」

ジョーさんは大きく息を吐いた後、続けた。

「理容室というのは髪結の時代から考えたら千年ぐらいは歴史あるやろ。プロダクト・ライフサイクルがあるのかどうかもわからんぐらい、長いこと続いている業界やろ」

「はい」

「しかも、『製品』というものがあるかどうかもわからないサービス業やからな……」

「ダメっすか？」

オレは涙声になった。

「いや、絶対にダメということは世の中にはない。でもな、厳しいなあ。難しい」

「ダメっすか？」オレはもう一度、頼んでみた。

ジョーさんはオレのほうを見て黙り込んだ、そして、しばらく考えた後、「『ミリオンダラー・ベイビー』っていう映画見たことあるか？」と尋ねた。

「インドの子どもがクイズに出る話ですよね」

「ちゃう。それは『スラムドッグ$ミリオネア』や」

「あ、そうか」

「『ミリオンダラー・ベイビー』ってな、女のボクサーがクリント・イーストウッド扮するトレーナーに弟子入りする話なんや。優秀なボクサーを大勢育てた伝説のトレーナーなんやけどな、頑固で、口下手で、育てたボクサーたちには逃げられてばっかりや」

オレはそのまま話を聞いた。

「でな。そのトレーナー、最初は断るんや。でも、女のボクサーは必死で弟子にしてくれて頼みよる。そしたら、根負けしたトレーナーが弟子にする条件として、『オレの言ったことを必ずやること、どうしてやるのかは聞かないこと』って言うんや。そして、女のボクサーは言われたとおりやってチャンピオンになるという話や」

「はい」

「そういうやり方やないと無理や思う、理容室を何とかするのは。それでもなんとかなるかどうか……それでもやるか？」

「はい。ぜひ、お願いします」

オレはペコリと頭を下げた。

「そうか、わかった。そしたら、まず大学やな」

「え、大学ですか？　オレ、理容師ですよ。学歴いるんすか？」

「お前、たった今、何言うた？『オレの言ったことを必ずやること、どうしてやるのかは聞かないこと』が条件や言うたら、『はい』言うたやろ」

「たしかに」

「忙しくても、金がなくても行ける社会人のための大学がある。放送大学、言うんや。そこにあるもんで好きなことを勉強したらいい。後期の入学手続きにはまだ間に合うやろ。一回調べてみ」

「はい」

「『ミリオンダラー・ベイビー』の掟《おきて》はな、言われたことをやる、どうしてやるかも聞かない」

オレが心配そうな顔をしているのに気づいたのだろう。

「心配するな。必要なのはお金やなくて考えろなんや」

ジョーさんは、それだけ言うと、お金を払い、「今度から定休日に来るようにするわ」と言って店を出ていった。
オレは、ピーナッツを買いにスーパーに向かった。

挑戦のスタート位置（月）
・来客数　４００人
・稼働率　22・９％
・売上　２００万円

【フレッシュアイズ】

これは英語の表現で、新鮮な視点で見るという意味の表現。見慣れすぎると誰しも改善すべき点などに気づきにくくなるので見慣れていない人を活用する時に使う表現。Can you take a look at this with your fresh eyes?（ちょっと君の新鮮な目でこれを見てくれないか?）というように使う。

【デビルズ・アドボケイト】

議論を盛り上げ、活発にするために、あえて相手に反論する討論の手法。反論は、相手を非難することではなく、あくまでも、真の解を導き出すために、否定的な側面から議論を深めていくもの。

【プロダクト・ライフサイクル】

市場に製品が投入されて、次第に売れなくなり、姿を消すまでのプロセス。

第2章

急がば回れ

夏にピーナッツを勧められて以来、ジョーさんから音沙汰は全くなかった。気がついたら夏の暑さもどこかに行ってしまい新宿の街もすっかり秋めいてきた。そんな秋の日にジョーさんは思い出したように店に電話をかけてきた。

「定休日がエエんやったな？」

約束の日曜日の午前十一時ピッタリに、「寒くなってきたなあ」と言って、髪をぼさぼさにしたジョーさんが入ってきた。

今日のジョーさんは、ジーンズに茶色の着古したフリースを着ていた。

「ビル全体が休みなんで、エアコンも給湯も使えませんがいいですか？」

と言うと、ジョーさんはあまり気にした様子もなく、「かまへんよ」と言ってくれたので、霧吹きで髪を濡《ぬ》らして髪を梳《と》いた。

髪を切り始めたところで、ジョーさんが話しかけてきた。

「『ざんぎり（散切り）頭を叩《たた》いてみれば文明開化の音がする』って知ってるか？」

「もちろん知ってます」

「ざんぎり頭」とは、日本が明治になって近代化の波が押し寄せた時、ちょんまげを切り落として刈り込んだ髪型をそう呼んだのだ。

「日本の理容業界というのは、文明開化の頃、横浜《よこはま》にいた西洋人のために持ち込まれた理容技術が、全国の業界団体の交流を通じて普及していったものやろ」

――ジョーさんは本当に理容のことを調べているんだ。

「そのザンギリを店名にしているのは、凄いと思う」

「そうすか？」

「日本の理容業界を背負ってる名前や」

「そんなこと考えたことなかったです」

「その名前が君にくれる意識を、大切にするんや。そうしたら、道を間違えることはない」

「はい」

オレはジーンときた。

「ところで、放送大学には入学したんか？」

「はい」

「そうか。それはよかったな。何、専攻してるんや？」

「『心理と教育』コースを選びました」

「そういうテーマが好きなんか？」

「ま、何となく」

「そうか。それが一番ええわ」

オレにとっては結構、大きな決心だったので、それなりのリアクションを期待していたが、そうでもなく、拍子抜けした。

放送大学というのは、十代から百歳を超える幅広い年齢層の人たちが全国で約九万人も学ぶ大学で、日本における生涯学習の中核を担うことを目指して設立された。今までに十万人以上の卒業生を送り出してきた。

基本は、ラジオ、テレビ、インターネットを使った授業で、自分のペースで学べるシステムだった。「生活と福祉」「心理と教育」「社会と産業」「人間と文化」「情報」「自然と環境」の六つのコースが用意されていて、科目だけを履修することもできたが、大卒の資格を取得することもできた。

何より授業料が魅力で、卒業までの四年間で、約７０万円で済むようだ。

親父にジョーさんや放送大学のことを話した時、

「その時、その時、『これかな』と思った好きなことを真剣にやってみることは大切だ。それが不思議につながるのが人生だと思う。そうしたら自分にちゃんと返ってくるよ。人生ってそんなもんだと思うよ」

と親父は言っていた。

それを聞いたジョーさんは、「親父さん、ええこと言うな。そのとおりなんや」と言ってくれた。

親父のことを褒められて、オレは嬉《うれ》しかった。

「あのな、社会ってな、大学の研究者が考えてる滅茶苦茶難しいことが、小さな滝を落ちていくように社会全体に届いていきながら変わっていくんや。だから、**そういう時代の最先端の潮流に触れる仕掛けを作っておくことが大切なんや**」

「はい」

ジョーさんが言うには、放送大学じゃなくても、大学運営の〈生涯学習機関〉や、大学の公開講座や、アメリカの〈TED〉など、社会人のための信頼できる学びの機会は、探せばいくらでもあるそうだ。

「そういうところでいろいろ学んだら、そのうちに何か新しいアイデアも出てくる。親父さんの言うように『不思議と人生につながる』ことが起こる。そんなもんや」

「なるほど」

「**学びは最高の自己投資なんやで**。しかし、それがわかってるヤツでも、たいていの連中は忙しさを理由にやらない。やったとしても、ハッキリした効果もすぐには見えないしな。しかし、どうなるかわからん中で、それをやり始めた君は素晴らしい」

「本当ですか、ありがとうございます」

ジョーさんの指示に従ったまでのことだが、オレは、嬉しくなって、思わずニンマリ

「重要度」と「緊急性」のマトリクス

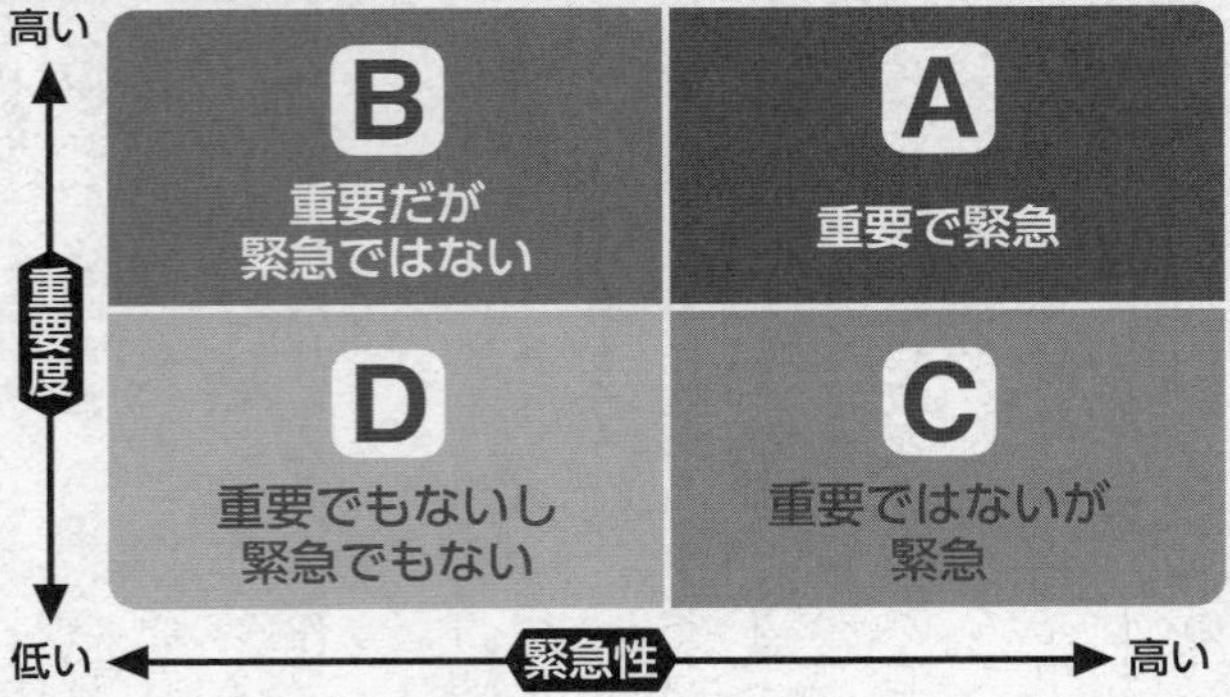

日ごろからBに時間をかけておけば、いざという時Aにかける時間を減らすことができる。

した。

「あのな、全ての仕事は『重要』か『重要でない』かに分けられるやろ？　ほんで、一方で『緊急』か『緊急でない』かにも分けられる」

　ジョーさんは、バーバーチェアから身を乗り出して、目の前の鏡に指で四角形を描きながら説明を始めた。

「それで、こうやって『重要度』と『緊急性』でＡＢＣＤの四つのマスが作れる。こういうふうに対立する二つの軸を組み合わせて図表を作って考えるスキルを〈マトリクス思考〉って言うんや」

「なるほど」

「Ａは重要で緊急、Ｂは重要だが緊急ではない、Ｃは重要ではないが緊急、Ｄは重要でもないし緊急でもない。わかるやろ」

「はい」

「この分類をどう使うかわかるか？」

「いや……」

「Aは言うまでもなく最優先の課題だが、多くの人はCやDに時間と労力をかけ、Bを後回しにしてしまう。でも、長い目で見た時に、本当に大切なのはBの領域や。日ごろからここに取り組んでいると、ボクシングのボディブローのようにあとからジワジワと効いてくる。後々、人生に大きな影響を与えることになる」

「わかるような気がします」

「わかるような気ではあかんのや、自分に引きつけて考えんと。あのな、Aは、『サービスの品質の維持』。日々の顧客満足度の維持が、短期的にも長期的にも大切である。今日をないがしろにして未来の成果はないやろ」

「そうですね」

「Bは、理容学校との関係構築。今日、明日に問題が起こるわけでもないが、関係を築いておけば、人材難の理容業界では長期的に非常に大きな力になる」

「間違いないです」

「Cは、理容とは直接関係ない内容の飛び込みの営業への対応に時間を取られること。

生命保険の営業マンへの応対がいい例で、彼らは緊急の対応を迫るが、重要なことはほとんどない」

「そのとおりですね」

最初に出会った日のことを思い出しオレは思わず笑いそうになった。

「最後のDの典型例は、『蒸しタオル』の少し安い納入業者。理容室にとって、現在の蒸しタオルの金額は大きな損失でもなく、来月対応しても、再来月対応しても変わらない」

ジョーさんは「見逃されがちなB『重要だが緊急ではない』の代表選手が『教育』だ。個人で考えると『教育』は『能力開発』だが、会社の経営で考えると『研究開発』であり『先行投資』で未来の競争力の源泉になるから大切なんだ。例えば、自動車メーカーは、電気自動車が話題になるずっと以前から『研究開発』に取り込む『先行投資』を行ってきたはずである。何事も一夜では起こらないのだ」と教育や先行投資の大切さを強調した。

そう説明してもらうとよく理解できた。ジョーさんの説明は鮮やかだ。

オレは、他に誰もいない「ザンギリ」で、説明した後疲れたのかいつの間にか気持ちよさそうに眠ってしまったジョーさんの髪を切っていた。

——「髪を切っている間、経営を教えて欲しい」って頼んだのに。

「髪を切り終わりましたよ」

「おっ」

ジョーさんは目を開いた。

「洗髪は？」

「日曜日は給湯器が止まってるんで、洗髪はできないんですよ」

やはり、無料のカットモデルだし、そこまではできないとキッパリと言った。

「そうか。なんか、髪の毛がモサモサするなあ……」

ジョーさんは諦めが悪い。悲しそうな顔をして鏡の中のオレをじっと見ている。

「水で洗いますか？」

オレはジョーさんの丸いクリクリとした目から発せられる不思議な目力に負けて言ってしまった。

「スッキリしたら、なんかええアイデアが出てくる気がするんや」

「そうなんですか？」

なんか騙《だま》されているような気もしたが、オレは「ええアイデア」を聞いてみたいという衝動に負けた。

「スッキリするシャンプー使いますか？」

「そんなんあるんか？」

「ありますそういうのも置いてます」

オレはメントール系のシャンプーを使って、水でジョーさんの髪を洗った。洗髪用のブラシで脳天をゴシゴシやると「ホー、ホー」と気持ちよさそうに声を上げる。

「髪を洗ってもらうのって、なんでこんなに気持ちがええんかな」

「それ、前にも言ってましたよ」

「そうか。人間、大事なことは繰り返して言うからな。洗髪というのは人間にとって、よっぽど大事なんやな」

濡れた髪をタオルで拭いていると、ジョーさんはしみじみと言った。

「おかげで、なんかええアイデア出てきた気がする」

「おー、なんですか、それ？」

オレは、一オクターブ高くなった声で聞いた。

ジョーさんは一瞬考えた様子を見せた後、「このあたりまでは出てきてるんやけどな。もうちょっとのとこなんやけどな」と自分の首筋を手のひらでパンパンと二回叩いた。

「え、肩を揉《も》めってことですか？」

「揉めとは言っていない。魚心あれば水心。水がなければ魚は泳げない。わかる？」

ジョーさんはオレを見てニヤリと笑った。

——やっぱり、オレを騙そうとしてるんじゃないか……。

そんな思いが浮かんだ瞬間、「人間、これをやるしかない、と腹を決めて当たればなんとかなる。そんなもんやで」とジョーさんはぼそりと言った。

心を読みきったような言葉にオレはビックリした。そしてマッサージを始めた。

「どんなものにも構造というものがある」

「はい」

「ビジネスも『構造』『制約』『仕組み』で理解すると、チャンスが見えてくる」

「『構造』『制約』『仕組み』ですか？」

「それがわかったら、自分が今、何をしているのかをしっかり理解できる」

「そうなんですね」

「君の場合、理容室を繁盛させることに取り組む前に、そういった経営やビジネスの概念を知ることのほうが先決やな」

ジョーさんは、そう言って、話し始めた。

「アメリカにマイケル・ポーターという経営学者がいる。彼は基本的に二枚のシンプルなチャートを作った。やったのはそれだけなんやけれど、〝経営戦略の父〟と呼ばれている」

「二枚のチャートですか？」

「そうや、偉大なるアイデアはいつもシンプルなもんや。シンプルということは普遍的いうことやからな」

「はい」

「一枚目のチャートは、企業が競争する環境を分析する〈5つの力分析〉。二枚目のチャートは、企業活動の内部を分析する〈付加価値連鎖分析〉や」

「難しそうですね？」

「一つずつ考えたら、そうでもない。まず、〈5つの力分析〉から説明しようか？」

――いよいよ、オレが心待ちにしていた経営の話が始まったようだ！

ジョーさんは、バッグからノートとペンを取り出し四角を描いた。

「理容師には理容師法という法律があって、それを守る人たちが理容業界を作ってるわけやろ？　そして、その業界の中で競争してる（1の力）。ところが、理容師の免許がない人は、競争に参加すらできない。つまり、そういう人たちには戦う前に法律や制度が勝負をつけてしまってる。業界はそうやって作られてるというのがポイントや、そしてこの渦が競争や」とさっき描いた四角の中に渦のような矢印を描きペンでトントンと二回指し示した。

「はい」

ジョーさんは真ん中の四角の右にさらに四角を描いてから右の四角から真ん中の四角に向かう矢印を描いた。

企業が競争する環境を表した「５つの力分析」

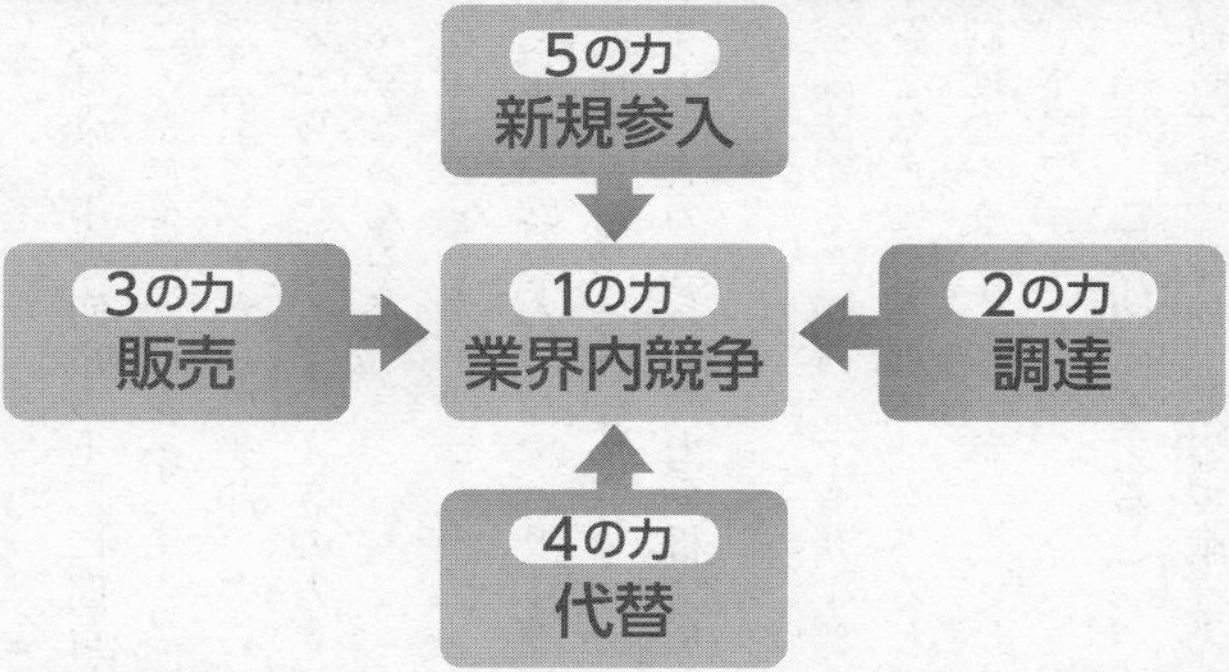

業界に影響する５つの力を分析することで、「その業界はどういう特徴があるか？」「どのくらい儲かりそうか？」「どの程度の投資がかかりそうか？」などを判断する。

「で、理容室を経営するためにはハサミとかクシといった道具が必要なんやけど、なんといっても腕のいい理容師の確保が大切や。だから、優秀な理容師は、理容室同士の取り合いになる。つまり『調達』の力（**２の力**）が働くやろ」

「なるほど」

今度は真ん中の四角の左にさらに四角を描いて左の四角から真ん中の四角に向かう矢印を描いた。

「理容室を大きくするためには理容学校と関係を密にすることも大切やろし、大きなフランチャイズの理容室が専用の学校を作るかもしれない。でも、そもそも、お客さんがいないと商売は成り立たないから『販売』の問題（**３の力**）がある。これがその力や」

「はい」

今度は真ん中の四角の上下に四角と矢印を一つずつ描いた。

「ところが最近は、美容室や十分間千円の理容室で髪を切る男性も多い。これが『代替』（4の力）、下からの矢印。さらに、鉄道会社が駅の構内に自前で通勤客用の理容室を開いたら、『新規参入』（5の力）で、上からの矢印となる。でも、自分の業界だけを見るんやないんやで」

「どういうことですか？」

「例えば、お客さんは、マッサージの充実した理容室に行く代わりにマッサージ店に行く可能性もある。そうなると、理容室はマッサージ店の『代替』（4の力）とも言える。マッサージ店の『5つの力分析』を考えてみることも大切なんや」

「なるほど」

「理容師法があるから、マッサージ店は理容には攻めて来ないけれど、理容師法がマッサージを禁止にする可能性もあるわけやからな。これは、業界内競争（1の力）の『法律や制度』やな」

「あ、本当ですね」

「で、結局、この図で考えるとな、一般的に言われる狭い意味での競争というのは『業界内競争』や、結局、業界で戦うんやからな、でも、油断なく、どっから敵が突然現れてくるか、攻めていける業界はないかと『5つの力分析』のチャートを眺めながら考えるのは大切や」

業界というのは、どの会社も、同じような製品やサービスを提供しているわけで、その中で、競争に勝つ手段は二つしかないそうだ。

「低コストを実現して『利益を確保』するか『低価格』の魅力で競争する〈コスト・リーダーシップ戦略〉、誰も真似できないような『独自性や付加価値』を実現する〈差別化戦略〉の二つしかないんや、わかるか？」

「は、はい」

ジョーさんはオレの理解が怪しいのを見逃さなかった。

「つまりな、お客さんには利益を確保しているかどうかは見えないから、お客さんにアピールするポイントは価格か差別化かということになるいうことなんや」

「差別化ってなんすか？」

「競合他社と比較して、商品やサービスに差異を設けることで競争上の優位性を確保しようということや。ユニクロの商品で言うと、冬の『ヒートテック』や夏の『エアリズム』やな。今では、他社からも似たような商品が出ているが、発売当初は、それまでの下着の概念を覆すような画期的な商品やった。あったかいし、涼しいし、本当に便利や」

「オレも愛用しています」

「で、君も、業界の競争に勝つためには、調髪料金を今より下げたくないやろ？　できたら値段を上げたいぐらいやろ？」

「はい」

「そうなったら、差別化戦略しかないな」

「それ、やりましょう」

「そんな簡単にいくか！　簡単やったらみんなやってる。こっから頑張って、どう差別化するかが君の挑戦なんや」

「わかりました」

「次は〈付加価値連鎖分析〉や。〈バリューチェーン〉とも言うが、要は、購買→製造→出荷・物流→販売・マーケティング→アフターサービスとつながる『ライン部門（主活動）』と、それを支える管理、研究、調達などの『間接部門（支援活動）』で、ビジネスは成り立ってるということや」

「はい……」

「わかりにくいか？」

「ちょっと」

「和菓子店で考えてみよか。ただし、商店街の小さな和菓子店ではなく、毎日十万個も

企業活動の内部を分析する「付加価値連鎖《バリューチェーン》分析」

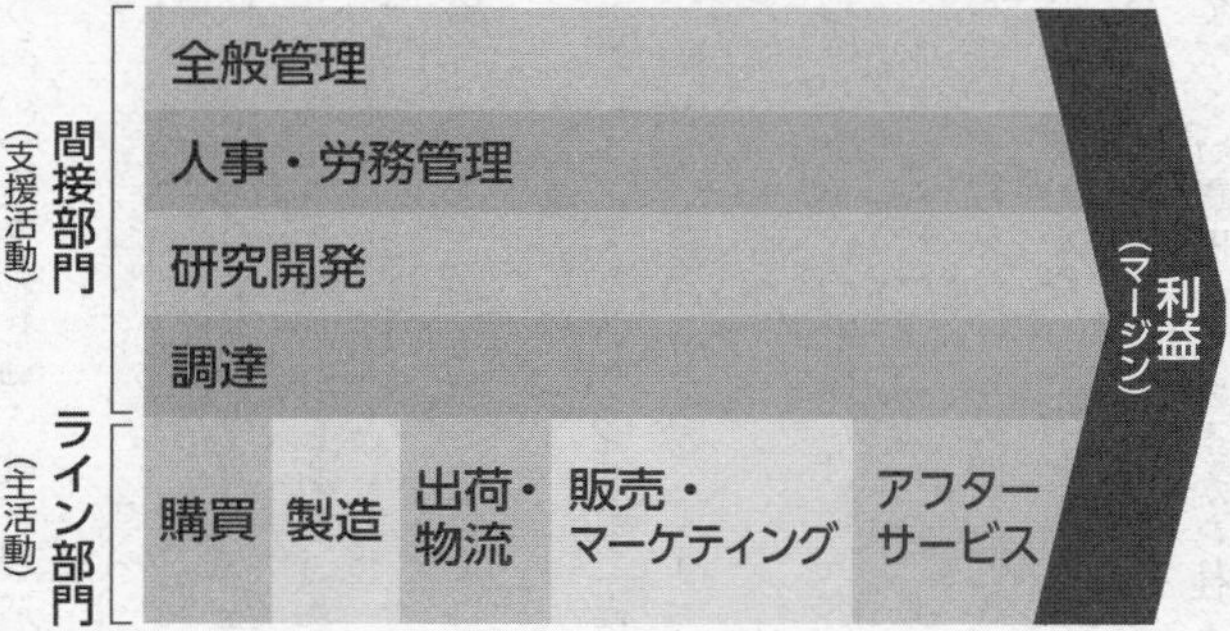

この分析を行うことで、「どの過程で価値が生み出されているか」「どこが競合他社よりも優れて（劣って）いるか」などが明確になり、それをもとに戦略や改善策を考えることができる。

作るような大規模な和菓子店をイメージして話すわな」

「お願いします」

「会社は大きく、モノを作って売るというライン部門とそのラインを支える間接部門に分けられる。ラインというのは生産ラインのラインと同じイメージや」

「はい」

「ライン部門はまんじゅうを作るには、小豆や小麦粉、砂糖などが必要やから、そういった良質な原材料を安く仕入れる担当者がいる。これが『購買』」

「なるほど」

「仕入れた小豆を煮たり、小麦粉をこねたり、仕入れた材料でまんじゅうを作る。これが『製造』」

「はい」

「できあがったまんじゅうは、製造工場から販売店に運ばれる、つまり『出荷・物流』や」

「そうですね」

「そして、商品のまんじゅうは、基本的に自社の店舗で『販売』するが、コンビニやデパートで販売される場合もある。そのような場合、販売は伝票上で行われるから、『出荷先＝販売先』と考えてもいい。『マーケティング』は、基本的には全工程に関わるが、この場合は顧客との接点（広告やプロモーション）を意識して、販売と同じ枠で考える」

「マーケティングというのは全工程で捉える場合もあるんですね」

「そうなんや、場合によって違う」

「はい」

「そして、ラインの最後には購入客のクレームや商品事故にも対応する『アフターサービス』がくるんや」

「さっき、会社をライン部門と間接部門の二つに分けましたね」

「よう覚えていたな、そのとおり。あと半分は間接部門や、まず原材料の小豆を、中国から仕入れようとか、仕入先を変更しようとか、時には、アンコを自社工場で作るのは止めてアンコ専門メーカーから仕入れようとか、大きな発想での仕事を受け持つのが

「そして新しい商品を開発したり、製造方法を研究したりする『研究開発』もあるやろ」

「はい」

『調達』や」

「研究開発しないと未来のビジネスの種がなくなってしまいますね」

「そのとおり、そして、どういう人材をどの部署に配置するかという適材適所を考える『人事』、賃金や働き方の制度（就業時間、残業、在宅勤務制度、報奨制度など）を設計、運用したり、安全遵守の徹底をしたりする『労務管理』、最後に財務、法務、経理、情報サービスなどの活動が『全般管理』に当たるんや」

「こう説明してもらえると会社を構成する役割がすっきりと理解できますね」

「せやろ」

ジョーさんは嬉しそうだった。

「最終的にはこういう全社的な経済活動の結果として、『利益（マージン）』が生み出されるんや」

説明はわかったしジョーさんも自分の説明に満足そうだが少し不安が過《よぎ》った。

そして、オレはその不安をそのまま口にした。

「でも、理容室で、この二枚のチャートを使えるんですかね？」

「ええこと言うな。『ザンギリ』の強みはどこなんか、どこに強くできる余地があるんか、ということを考えるヒントにしたらええんや」と言って、ジョーさんは例の説明を続けた。

「まず、『購買』で理容師の確保がちゃんとできているかを考えてみる。そして、『製造』でカット技術のレベルが下がっていないかを考えてみる。『販売・マーケティング』で宣伝はうまくいっているかを考える。『研究開発』で新しい技術やサービス開発に取り組んでいるかを考える。『人事・労務管理』でチームワークがうまくいっているかを考える。最後に『調達』で理容道具やシャンプーなどの購入に無駄はないかを考えるんや」

ジョーさんは立て板に水のように話したが、オレの頭にはその内容がスパスパと入ってきた。

「いつもこの二つの理解の仕方を意識して、誰が攻めてくるか、どこに攻めていくか、どこを強くできるか、ちゃんとやれているか、といった視点で『ザンギリ』の経営を考え続けたらええんや」

「なるほど」

オレはジョーさんの説明にうなった。そこには経営の知識をどう自分に引きつけるのかそのヒントがあったからだ。

「自分のビジネスを考察するうえで、もう一つ大事なことがある」

「なんすか、それ？」

「どういうふうにしたらビジネスを効率的にできるかという〈オペレーションズ・リサーチ〉て学問なんやけど、その中に〈ナマモノ問題〉ていうのがある。昔、世話になったラーメン店の大将が、今、北陸《ほくりく》で魚を売って歩いているんや」

そう言って、ジョーさんはまた突飛な話を始めた。

「ラーメン店を辞めて、魚を売ってるんですか？」

「そうや」

その大将は北陸の魚市場の仲買と知り合いになり、毎日、新鮮な魚を仕入れ、ワゴン車に積んで、近隣の街で売って歩いているのだそうだ。いわゆる移動販売だ。

大将は毎日、仕入れた魚を、その日のうちに売り切らなければならない。新鮮さが勝負だから、今日の魚を明日売ることはできない。だから大将は、「今日はどのくらい売れそうか」を毎日考えて仕入れないと、売れない在庫を抱えることになる。

「ここまでわかったか？」

「はい」

「この場合、利益はどう計算するかというと、基本的に『売上－費用』やろ」

「そうですね」

「で、売上は『売れた数×価格』、費用は『売上原価＋売残原価』やな。売れ残りの数は『仕入れた数－売れた数』。そうすると、『利益』は次のような式で計算できる」

「売上（売れた数×価格）」
－「費用（売上原価《売れた数×原価》＋売残原価《売れ残りの数×原価》）」
＝「利益」

「わかる？」

「はい」

「ほんまか？」

「はい」

「アホ。これに車のガソリン代かかるやろ」

「あ、そうですね」

「なんでもハイハイ言うてたらええんちゃうんや。右の式からガソリン代を引いたのが本当の利益や」

「すいません」

またしても、ジョーさんにぶん投げられた。

——チクショー。

オレの心をジョーさんは見透かしたように笑った。

「じゃあな、〈ナマモノ問題〉に当てはまる他の商売を考えてみ？」

「豆腐店ですか？」

「どうして？」

「腐るから」

「他には？」

「青果店は？」

「どうして？」

「腐るから」

「君、食べもんばっかりやな」

「だって腐るものじゃないですか？」

「じゃあ、旅行代理店の飛行機の格安チケットはどうや？」

「あ、昨日の座席は今日売れない……ですね」

「映画館は？」

「昨日の座席は、今日売れません。でも……」

「何か違うやろ？」

「はい」

「なんや？」

「映画館は、座席は仕入れていません、仕入れてるのは映画です」

「そやな。せやから、〈ナマモノ問題〉をベースにして考えたら、店のバーバーチェアの使える『時間』がナマモノやとわかる」

「はい」

「理容室と同じなんわかるか？」

「なんとなく」

「ま、ここまでわかってたら、もうええ。十分や」

「え、そうなんですか？」

「十分、十分。日本人は最後の最後までわかってなあかんという教育されてるから、アカンと思うんやけどな、根本はこれだけや。これに統計とかいろんなこと使って深い説明もできるけど、まあ、最初はこんなんで十分なんや。完璧に理解しようとしたら大変。勉強は、教えてもらったことを手がかりに自分で考えるんやで。一つ、二つ、自分の頭で考えられたら、大儲けや思ったらええ」

　ジョーさんの説明を聞いていると、自分の頭がよくなった気がした。

「ついでに、費用には〈固定費用〉と〈可変費用〉というのがあるんや」

・固定費用：生産量に関係なく生じる一定の費用
・可変費用：財やサービスの生産に応じて変わる費用

「まんじゅう工場やったら、工場施設は変わらないから固定費用、アンコを作る小豆は作れば作るほど総額が増えるから可変費用、と考えるのが一般的や」

理容室の場合、〈固定費用〉とは、家賃や光熱費、人件費などお客さんの多い少ないにかかわらずかかる費用。〈可変費用〉とは、シャンプーやヘアワックスなどお客さん一人あたりにかかる消耗品の費用となる。

「つまり、理容室の経営の特徴は、費用がほぼ〈固定費用〉やということなんや」

「なるほど」

「〈可変費用〉と〈固定費用〉がわかると〈損益分岐点〉という赤字を出さずにやっていける販売数量がわかるようになる。例えば、『ザンギリ』の店舗を使って、理容室をやる場合と鮮魚店をやる場合の損益分岐点を計算してみようやないか」

「お願いします」

「理容室の場合は毎月の固定費用に何がある？」

「家賃六十万円、家族三人の生活費つまり人件費五十万円、スタッフの人件費二十万円、光熱費＋通信費十万円、六十万円＋五十万円＋二十万円＋十万円で合計百四十万円ですね」

「つぎに一人当たりのお客さんへの費用、つまり、可変費用は幾らある？」

「蒸しタオル、シャンプー、それに、シェービングクリームで二百円です」

「客単価から商品原価、つまり、可変費用を引いたら四千五百円－商品原価（可変費用）二百円で四千三百円になる」

「はい」

「粗利を客単価で割った粗利率を計算すると、四千三百円÷四千五百円×１００＝95・6％になるのわかるか？」

「わかります」

「損益分岐点は何人のお客さんの粗利を積み上げたら固定費用を回収できるのかの計算やから、固定費用を粗利で割って、百四十万円÷四千三百円＝３２６、月に３２６人のお客さんがいれば元がとれる。つまり、損益が分岐するということなんや」

「なるほど！」

「次は鮮魚店の場合や、これは知り合いから聞いた数字で計算してみよか」

「お願いします」

「鮮魚店の毎月の固定費用は家賃に六十万円、そして、家族三人の生活費（＝人件費）

五十万円、光熱費（電気代や水道代がかかる）＋通信費二十万円とすると、合計は六十万円＋五十万円＋二十万円で合計百三十万円になる。鮮魚の原価率を70％とすると粗利率30％、客単価（一人あたりの平均購入金額）を四千五百円とすると、粗利は、四千五百円×30％で一人千三百五十円になる」

「そうですね」

「損益分岐点は固定費用を粗利で割ればよいから百三十万円÷千三百五十円を計算すると963。つまり、月に平均購入金額四千五百円のお客さんが963人いると元がとれる。つまり、損益が分岐するんや」

「フー」

オレは連続する計算にうんざりし始め大きく息を吐いた。

「なんや、計算嫌いか？」

ジョーさんは笑った。

「かなりザックリした計算やけど、家族三人が食べていくのに、同じ客単価なら、月に理容室は326人のお客さんが必要やのに、鮮魚店なら963人。つまり、鮮魚店は、理容室の約三倍のお客さんが必要になるんや」

「全然違いますね」

「そうや。数字で見ても、ビジネスの構造が全然違うんや。これで、家族経営の理容室は、お客さんが少なくてもやっていけるのがわかるやろ?」

「はい」

今までなんとなく理解していたが、こう説明してもらうとスッキリした。ジョーさんは続けた。今日は徹底して経営のやり方をオレに教えてくれるつもりなんだと思った。

「家族経営の場合、三人家族でも四人家族でも一緒に暮らしていたら食費ぐらいで、実質的に生活費が増えるわけではない、さっきは三人で五十万円の計算やけど、少なくなってもギリギリやっていける、ということは最大の経費は家賃やな」

「そういうことになりますね」

「で、店には七席しかない。一人一時間かけて、一日十時間営業してるとしたら、一席十人、七席で七十人、が一日の達成可能な最大のお客さんということになる」

「はい」

「でも、残念なことに、昨日仕入れた魚を今日売ることができないのと同じで、昨日使わんかった座席を今日はお客さんが多いから売る、というわけにはいかんやろ?」

「はい」

「で、『ザンギリ』の課題は、毎日、この七十人分の座席をどうやって限界まで稼働させるかだ。それが、君のやっているビジネスというゲームのゴールということなんや」

「へー」

「常に、どうやったら毎日七十人を達成できるか、を考え続けることが大切」

「はい」

「この店の調髪料金は税別四千五百円やろ？」

「そうです」

「一人十分間千円の店がたくさんある時代に、ええ値段やな。何が違うんや？」

ジョーさんの質問は単刀直入だった。

「十分間千円の理容室の理容師に技術がないわけではないですよ、ただし、十分という制約の中で髪を切るのには限界があります」

ジョーさんの感度の良いアンテナは逃さなかった。

「どんな限界があるんや？」

「十分でやろうとすると、どうしてもバリカンを使うことになります。バリカンは地肌に沿ってはわせるので、頭のカタチどおりにカットしてしまうんです。そうなると、人間の頭は均等なカタチをしていませんから、どうしても全体のバランスが歪《ゆが》んでしまいます」

「『ザンギリ』で、それはないんか？」

「ありません。理容師は頭のカタチや全体のバランスを見ながら丁寧にハサミで切ります。ですから長い間、髪型がキレイでモチがいいんです」

「へー」

「洗髪を二回したり、顔剃りしたり、マッサージしたり、いろんなことをします。言い出せばキリがないんですが、一言で言えば、丁寧に心を込めてやっています」

「なるほどな」ジョーさんは、何度も頷きながら感心しているように見えた。

少し考えた後、ジョーさんは口を開いた。

「あのな、『心を砕く』という言葉聞いたことあるか？」

「『心を砕く』ですか？」

オレには聞いたことがありそうでない言葉だった。

「わからんか？　わからんやろな」

「はい」

「『心を砕く』て言うんは、気を配る、苦心する、真心を尽くすという意味なんや」

ジョーさんは続けた。

「素晴らしい日本の言葉やろ。『心を砕く』、それほどまでに相手のことを考えろということなんや」

「はい」

「京都の人はイケズと言われるやろ」

「そうすね」

「あれな、『心を砕けよ』、そしたら気づくはずやろという文化なんや」

「そういうことなんですね」

「都人の知恵やな。京都は難しい」

ジョーさんは昔のことを思い浮かべるような表情でぼそりと言った。

「あの、コーヒー飲みませんか？　もう少し教えて欲しいんですが」

厚かましいと思ったが、ジョーさんをコーヒーに誘った。なにしろ、「ザンギリ」の経営は本当に大変なのだ。少しでも急いで手を打つ必要があった。

「ああ、そう言うたら、あったかいコーヒーが美味しい季節やな」

ジョーさんは笑い、二人は「ザンギリ」の向かいにあるドトールに向かった。

あったかいコーヒーを飲みに行くつもりだからだろうか、地上に上がると新宿の街は一層秋めいているように感じた。

ジョーさんは歩きながら、「自分のやっているビジネスの『構造』『制約』『仕組み』がわかると自分がどんな勝負をしているのか、どこに勝機がありそうかようわかるやろ」と話してくれた。

コーヒーを二つ買って席で待つジョーさんのところに持っていくと、「おおきに」と自分のコーヒーカップを手にとって、「やっぱ知的貢献の対価に飲むコーヒーは最高やな」と香りを確かめた。そして、唐突に言った。

「ここ出たとこに文房具店あるから、そこで何でもええからペンとノート買ってこい」

適当にノートとペンを見繕って戻ってくると、ジョーさんはノートを開き、オレにペンを持たせた。

「ええか。今から言うことを書け」

「はい」

オレは言われたとおりの言葉をノートに書きつけた。

「なんすか？　これ？」

「これは釈迦《しゃか》の最後の言葉や。結局な、人生は自分で判断して、自分で切り開くしかない。セルフヘルプや。師匠がいるから、それで何とかなると思うな。最後は自分で何とかする、そう思ってやれ。そしたら道は開けるやろ。まず、できること、思ったことを何でもやってみろ。理容室の経営者になるのは君やからな」

たしかにそのとおりだった。ジョーさんにおんぶに抱っこで成功しても仕方がない。オレは自分で理容室を繁盛させなければならないのだ。その応援をジョーさんにしてもらうだけなのだ。

「ジョーさんは仏教にも詳しいんですか？」

「そうでもない。以前、四国《しこく》のお遍路さんの一番札所の本堂を訪ねた時、貼ってあるのを見た」

「へー」

「凄いと思わんか？　四国のお遍路は苦しみを極めた人が来る。どうしようもないという人に向かって、『人生は自分で判断して、自分で切り開くしかない』、『お遍路が助けてくれるわけではないですよ。自分でなんとかしなさい』と突き放す。これは人の弱みにつけこまない、本物の宗教やと思う」

「今はもうないんですか？」

「住職の代が変わって、本堂を改築した際に失くなった。先代の良いところが受け継がれていないのは残念や」

ジョーさんのため息のようなその言葉はオレに向かって放たれたものではないように感じたが、それでも理容師二代目のオレにはグッときた。

「あとな、**何の話を聞いてもメモを取れ。取って、取って、取りまくれ。成功するまでメモを取りまくっていた人が、メモを取らなくなってから経営がうまくいかなくなった、という話は一杯ある。メモを取っている間は大丈夫や。**わかったか？」

「はい、わかりました」

「今日、君はマイケル・ポーターを知ったやろ」

「はい」

「経営の概念が、何となくどんなものかわかったよな」

「はい」

「今はインターネットがあるから、言葉がわかれば何でも調べられる。読むべき本もわかる。本は書店で売っている。興味があるのなら、あとは自分で調べたらいい」

武道の師匠のように、ジョーさんは甘やかさない。

「じゃあな」と言ってジョーさんが出ていったあと、オレは一人、ドトールに残って、スマホで「マイケル・ポーター」を調べた後、近所のブックファーストに出かけ、分厚い本を三冊買って、家に戻った。


しばらくジョーさんを見かけなかった。ジョーさんが毎日何をしているのかオレには皆目想像がつかなかったが、何かで忙しくしているのだろうと思った。

秋が深まり冬になり年を越した頃だった。

ジョーさんが、白い息を吐きながら店に飛び込んできた。

「寒いなあ。雪が降ってきたわ。年明け早々から風邪ひいてしまう。せっかくの一張羅も台なしや」と店に入ってくるなり言ったが、着ているのはいつもと同じジーンズとフリースだった。

一瞬、アップルとかフェイスブックの創業者のように、時間節約のために敢《あ》えて同じ服装をしているのかとも思ったが、とてもそうは思えない。

そんなオレの気持ちを知ってか知らずか、バーバーチェアにどかっと座ると、フーと大きくため息をついた。

「どこに行ってたんですか？」

オレは思わず不満げな言い方をした。ジョーさんの髪はあきらかにオレがカットした時のスタイルではなかったからだ。たまに別の店で切ってくるお客さんもいる。出張の多いお客さんは出張先々でも理容室に行くのでそうなることが多い。それでも普通はホームのオレのカットを尊重した感じになるものなのに……。

「悪い、悪い。オレ、色んな床屋に行くのが趣味なんや」

――え、そうだったのか。

「通りがかりの理容室に一見の客として飛び込み、理容師のセンスに任せるのが好きなんや、その、なんというか偶然の出会いというのがあるやろ、それがおもろいんや」とジョーさんは説明してくれた。

「昔、八丈島《はちじょうじま》に行ったことがある……」

ジョーさんは新卒で入社した広告代理店を辞めた直後の話を始めた。

「会社を辞めたものの人生がわからなくなり、海外旅行をしてみようと思ったが、お金はなく、隣国、韓国《かんこく》ならと飛行機のチケットを当たったけれど本当に全くない。おかしいなと航空会社の友人に聞いてみたら、カルト教団の『合同結婚式』でどの飛行機会社も座席がなかった」

「へー、そういうこともあるんですね。それでどうしたんですか?」

「悔しいやろ、やっぱり、日本から韓国の方向に可能な限り進みたいやろ」

「まあ、そうスネ」

「それで、佐渡島《さどがしま》を目指すことにしたんや」

「え、八丈島って言っていませんでした?」

ジョーさんはオレの質問を無視して続けた。

「当時、麻布十番《あざぶじゅうばん》に住んでいたから、とりあえずJR浜松町の駅に向かった。そしたら、そこに八丈島行きフェリーの看板を見つけたんや」

「へー、それで八丈島?」

「そう、話はここから。夜に出て、朝着いた。波止場には民宿の案内がたくさん来ていたけど、お金おろすのを忘れていたことに気づいた」

「大変じゃないですか?」

「話はここからや」

「すみません」

「『ATMはまっすぐ歩いて最初の信号を左に、そこからまたまっすぐ』と地元の人に教えてもらって歩いた」

「ATMあったんですね」

「あった、あったにはあったけど、往復で一時間」

「げ、遠いじゃないですか？」

「遠い。波止場に戻ったら、民宿の案内は一人もいなくなっていた。フェリーは一日一便やからフェリーが去ると民宿の案内は引き上げるんや」

「ははは」

オレは思わず声を上げた。

「お前、笑いすぎや」

「す、すみません」

「波止場を清掃するおじさんに民宿を紹介してもらいテクテクと歩いていたら理容室のサインポールを見つけ、髪を切ってもらった」

「そうなんすね」

「そうしたら、その理容室の大将が釣り好きで、エプロンつけたまま納屋に連れて行かれ、釣竿《つりざお》とかリールとか道具を見せてくれた。そういう出会いが好きなんや」

ジョーさんの過去についてあまり聞いたことはなかったが、ジョーさんらしいエピソードだと思った。オレとの出会いもこういうジョーさんの生き方の中に自然に起こったことなのかもと感じた。

「ところで、あれから毎晩、ピーナッツを一粒ずつ食べているんですが、何も変わりません」

オレが、乾いたタオルを差し出しながら話しかけると、ジョーさんは、

「そうか。まあ、あせらんと気長にやるしかないな」

とやや突き放したような返事をしてから、一気に話し出した。

「あのな。物事はな、何でも続けるんが大事なんや。空手家が巻藁《まきわら》に拳を叩き続けていたら、しだいに拳に肉が付き、叩いた時のパチン、パチンという音がある日、パコン、パコンという音に変わるように、突然、力がつき始めるんや」

「へー、そうなんですね」

「こういうのをな、〈クリティカルマス〉、日本語で〈臨界質量〉って言うんや」

「なんすか？　そのクリティカルなんとかって？」

「わかりやすく言うと、最初は全然アカンけど、あるところまで行ったら一気に燃え上がる。そういう値があるんや。そこまでは絶対に続けなあかんのや」

ジョーさんの声には、思いがこもっているのがオレには伝わった。

「どんな感じに切りますか？」

「こういう時、どう答えたらいいんや？　いつも困るんや、それもあって色んな店に行

くことにしてるんやけどな……」

「色々ってどういうことや？」

「そうですね……バリカン入れるか、入れないか、髪の長い人は横の髪を耳にかけるか、かけないか、短い人は横を伸ばすか、短くするか、そんな感じですかね」

「なるほど」

「中には有名人とかの写真持って来て、『こんな感じにして欲しい』という人もいますけど」

「この前、どんな感じじゃった？」

「確か、バリカンなしで、横の髪は長くしてなかったと思います」

「そしたら、それで頼む」

ジョーさんは髪にこだわらない人だった。それはそれで気楽でいい。

オレは湿った髪をクシでときながら、髪を切り始めた。

「経営コンサルタントから映画監督になる人って珍しくないですか？」

いい話のふり方だ、と我ながら思った。ジョーさんが経営コンサルタントだったことも、今、映画監督だということも疑わない。しかし、どちらの仕事ぶりも理解している。

サッカーのキラーパスみたいな絶妙の質問だと思った。

理容師の経験と生産性の関係を表した「経験曲線」

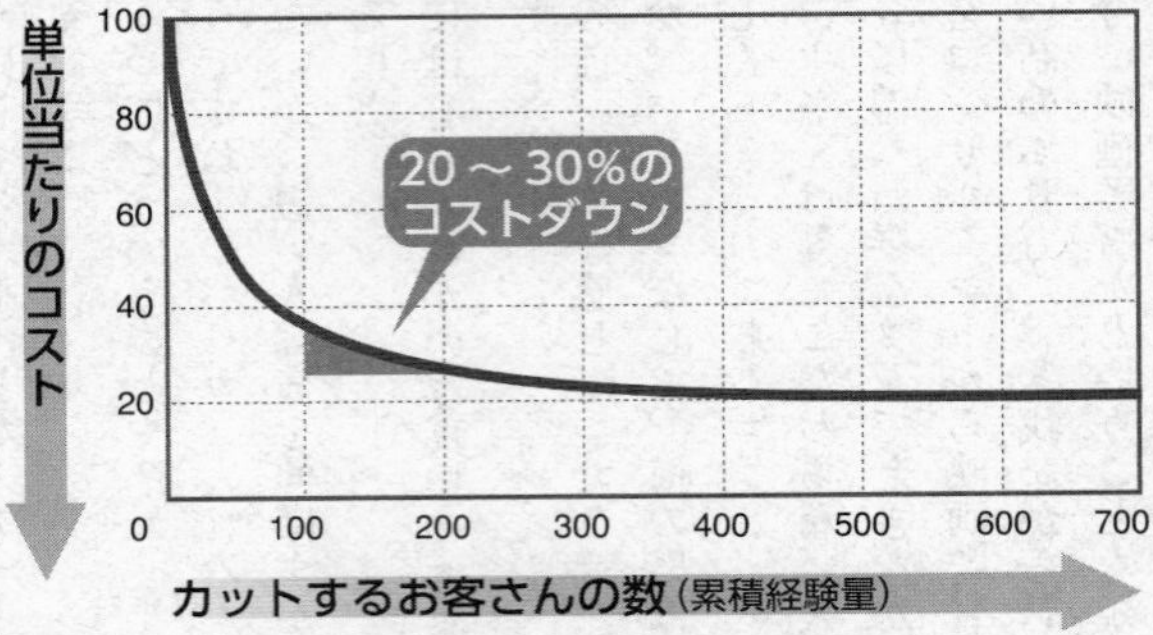

理容師がカットするお客さんの数（累積経験量）が増えていくと、習熟により効率性が改善され、単位当たりのコストが一定の割合で低下していくことを表したもの。

フーッと大きく息をついた後、ジョーさんは「アホやろ。普通、そんなことするヤツおらん。途中で仕事変えたら、〈経験曲線〉の効果が全く使えんやろ」と言った。

聞いたことのない単語をジョーさんは言った。

「経験曲線？　なんすかそれ？」

「簡単な話や。同じ作業をずっと続けて今までの経験の累積が二倍になったら効率性が20～30％、改善することに誰かが気づいて、法則やいうことになったんや」

パッと聞いても、オレにはよくわからなかった。ジョーさんはそれに気づいたようで、説明を加えてくれた。

「同じ理容師が百人の髪を切った時より

二百人の髪を切った時のほうが効率が20～30％改善するということや。ある程度数をこなすとハッキリでてくる。五人、十人では無理やけどな。なんでも続けることが大切なんや。理容の世界で何年もやっている君には、釈迦に説法かもしれんけどな」

「それと経営コンサルタントから映画監督になるのと、どう関係があるんですか？」

「途中から全く違うことを始めるのは、一度溜め込んだ技術を全部捨てることやからな。続けることが大事や言っておきながら、続けるのをやめたんはアホや」

ジョーさんは、まだ経営コンサルタントの仕事に思いがあるのかもしれない。

何か声をかけようと思いを巡らせていると、ジョーさんが続けた。

「あのな、経営戦略において経験曲線は言葉で言えんぐらい重要な発見やったんや」

ジョーさんは集中して考え始めた。何か、ゾーンに入るといった感じだった。

「経営戦略で一番大切なことは〈選択と集中〉や言われている。なんでか？　そら、理容を専門にすると決め、一心不乱に一人でも多くのお客さんの髪を切ったら、どんどん上手になる。上手になったらこだわりが生まれる。髪を切るのだけは人に負けんのイヤや、と思うようになる。髪を切るのは私に任せてください、言うようになる。それが社会や。それが人生やろ」

「そうですね」

「アメリカの伝説の経営者と言われるジャック・ウェルチは、発明王トーマス・エジソンが創業したゼネラル・エレクトリックの複雑多岐にわたる事業を『市場シェアで世界一位か二位になれないものは、撤退か売却か閉鎖』と宣言して、整理&再編して、選択と集中を徹底させたんや」

——あー、何かわかる気がする。

「経営というのは結局、何に集中し、どの順番でやるのか、それを決めることが肝心なんや」

「凄いっすね」

「〈選択と集中〉は会社経営だけやない。受験勉強も一緒やで」

「そうなんすか？」

「そうや。例えばな……」とジョーさんは、調髪の途中にもかかわらずオレにメモとペンを用意させた。

「君が二週間後に『宅建（宅地建物取引士）』の受験を控えているとする。君は仕事の都合でどうしても合格しなければならない。その最後の追い込みの二週間、どんな勉強の仕方をすれば合格できるのか？　を考えてみよか」

「是非、お願いします」

「宅建の問題は全部で五十問と決まっている。そして三十八問が合格ラインと過去の経験からわかっている。そして、その中身も過去の経験から大体、宅建業法が二十問、法

合格するための受験勉強の「選択と集中」の方法

	宅建業法	法令上の制限	その他の分野	権利関係	合計
重み	20問	8問	8問	14問	50問（満点）
現状の得点力	11問	4問	5問	9問	29問
主観的達成確率	90%	70%	90%	85%	
重み×主観的達成確率	18問（+7）	5.6問（+1.6）	7.2問（+2.2）	11.9問（+2.9）	
上位２科目集中結果	18問	4問	5問	11.9問	38.9問

●重み　宅建の試験は４科目で、全50問。合格ラインは38問と言われている。過去問を調べると、「宅建業法」20問、「法令上の制限」８問、「その他の分野」８問、「権利関係」14問、という配点傾向がわかる。

●現状の得点力　「今、受験したら各分野で何問正解できるか？」と自問した場合、現状での予想合計正解数は、「宅建業法」11問＋「法令上の制限」４問＋「その他の分野」５問＋「権利関係」９問＝29問。これを、絶対合格圏内の38問に引き上げればいいわけだ。

●主観的達成確率　「１週間、１つの科目に絞って集中的に勉強した場合、その科目を満点にできる自信度は何％か？」と自問して、直感的に答える。すると、「宅建業法」90％、「法令上の制限」70％、「その他の分野」90％、「権利関係」85％、になったとする。

●重み×主観的達成確率　そして、「重み」と「主観的達成確率」を掛け算する。

●上位２科目集中結果　「重み×主観的達成確率」でわかった上位２科目を、１週間ずつ集中的にやると、「18問＋４問＋５問＋11.9問＝合計38.9問」で、絶対合格圏内に入る。38問正解はかなり高い合格ラインの設定なので、合格はほぼ間違いない。

令上の制限が八問、その他の分野が八問、権利関係が十四問とわかっている。各科目の予想出題数を重みと呼ぶ、そして、その各出題科目の現状の得点力は実際に解いてみたら、宅建業法は十一問、法令上の制限は四問、その他の分野は五問、権利関係は九問で合計二十九問が総合の実力だと考えられる」

「はい」

「そこで、主観的達成確率を考えてみるんや」

「主観的達成確率？」

「この場合、『もし、一週間、一つの科目に絞って集中的に勉強した場合、その科目を満点にする自信度』を％で表現してみる、こういう時には直感が大切、自分のことは自分が一番知っているもんなんや」

「そうなんですね」

「うん、それで主観的達成確率は宅建業法が90％、法令上の制限が70％、その他の分野が90％、権利関係が85％だとする。そして、各分野の重みと主観的達成確率を掛けると、各科目に一週間注力した場合の『伸び代』がわかる。この『伸び代』の大きなもの上位二科目に集中するとほら、三十八・九問で合格点を超えたやろ」

「本当だ！　そんなふうにやるんですね！」オレは戦略コンサルタントの技術に驚いた。

「試験の得意なやつは、直感的にやってることや。苦手なやつはたいてい、迷うし、他の科目も気になるから、広く浅く勉強して失敗する。でも、こうやって整理するとモヤモヤがなくなって集中できるやろ。集中すると各科目一週間かからないかもしれん。すると、残りの二科目の準備をする時間的余裕もできる、するとますます高得点が期待できる」

ジョーさんは、「これが、〈選択と集中〉の身近な例や」と得意げだった。

これで終わるのかと思ったら、ジョーさんは「そうや、言い忘れたことがある」と続けた。

「あのな、**物事の裏側には何にでも理由があるんや**」

「何にでも理由があるんですか？」

「そうや、何にでもある。その仕組みを知った者が成功するんや。だから、何か新しいことに出会ったら、その理由は何かな？　と徹底的に考えるんや、この前のピーナッツの話もそうやし、今の受験勉強の話もそうや。理屈がわかったら納得するやろ。あとな例えば、今、住んでる須賀町《すがちょう》の築三十数年のボロアパートの大家の自慢は、昔、流行歌手の森進一《もりしんいち》が売れる前に住んでいた」

「森進一！　マジっすか？」

「そう、ホンマや。なんで森進一は売れるまで四谷に住んでいたかわかるか？」

「さあ、何でしょうね」

「あのな、森進一は当時、クラブ歌手をやってた。でな、銀座《ぎんざ》、赤坂《あかさか》、六本木《ろっぽんぎ》、新宿、池袋《いけぶくろ》……クラブの仕事がありそうなエリアから四谷までは、歩く気になったら歩ける。タクシーに乗っても安い。便利ええやろ」

「なるほど！」思わず大きな声が出た。

「だから、物事はリーズンズ＆ビハインドで考えなあかんのや」

「でも、偶然ってこともあるんじゃないですか？」

「いや、全てに理由があると思って取り組むのがええんや」

「そうなんですか……」

「そして、全てのことに理由を求めるようになると、なぜか？　どうしてか？　と物事の因果を深く考えるようになり、それを目的達成のために活用するようになるんや。そしたら最強やろ」

「そうすね」

「理由にも色々あってええんや」

「色々ですか？」

「住んでいるアパートのあたりに尊敬する伯父さんが昔、若い頃に住んでいた。その伯父さんが面白い話をしてくれたことがある」

「へー、どんな話ですか？」

「近所に銭湯がある。古ぼけたこぢんまりした銭湯や」

「あ、知っています。見習い時代お世話になった『オオシタ』の近くです」

「その向かいに、これもまた古ぼけた理容室があるんや」

「ありますね」

「その理容室に伯父さんはお世話になっていて、息子の理容師から聞いた話をしてくれたんや」

『夏の日にその理容師が二階で昼寝していた。ふと見ると珍しく銭湯の上の窓が開いていた。そこから女湯が見えた。なんや、キレイな女の人がいるなと目を凝らしてみたらその理容師の姉ちゃんやった』

「ははは」

オレは再び大声で笑った。

「ええ話やろ、思わへんか？」

ジョーさんは得意そうにオレを見ながら言った。

「それでオレはそのあたりに住むことにしたんや。別に銭湯の女湯を覗《のぞ》けるわけではない。理屈はなんぼでもつけられるけど、結局、最後は好き嫌いというか、そういう場所に住んでみたかった。まあ、そういうワケのわからん理由もあるということやな」

「そうですね」

ジョーさんは本当に色々なことを考えているんだなと感心した。

オレは「じゃ、顔剃りしますんで」とバーバーチェアを倒し、温かい蒸しタオルをフワリと顔に載せた後、シェービングクリームを塗って剃り始めると、ジョーさんは日向《ひなた》で気持ちよさそうに昼寝する猫のような顔をしていた。

顔剃りを洗髪の後にする理容師も多い。大した問題ではないが、オレはいつも顔剃りを先にしている。理由は、顔剃りを後にすると、湿った髪のままバーバーチェアを倒すことで髪に寝癖がついてしまうからだ。

今まで強く意識したことはなかったが、こうした自分が無意識でやっていることの裏側にもちゃんと理屈というか理由があるんだな、とオレはあらためて思った。

そして「髪、洗いますね」と前の洗髪台に頭を突っ込んでもらい、湯加減を調節して髪を洗った。

「はい、お疲れさまでした」

オレは声をかけた。

「おおきに。今日はようしゃべったな」

ジョーさんは、満足そうな笑みを浮かべて、帰って行った。

オレは、さっそくノートを広げて、今日聞いたことを書き出していった。

第2章のキーワード

【生涯学習機関】
社会人教育のために、多くの大学が生涯学習機関を設けている。
早稲田大学エクステンションセンター：https://www.wuext.waseda.jp/
明治大学リバティアカデミー：https://academy.meiji.jp/

【TED】

ネットを通じて行われている動画の無料配信プロジェクト。学術・エンターテインメント・デザインなど様々な分野の人物がプレゼンテーションを行う。https://www.ted.com

【マトリクス思考】

例えば、「重要」「重要でない」、「緊急」「緊急でない」などの対立する二つの軸を組み合わせて図表を作り、思考するスキル。


【5つの力分析】

収益性に影響を与える要因を分析する構造。「業界内の競合」「新規参入の脅威」「代替品の脅威」「売り手の交渉力」「買い手の交渉力」の視点から、それぞれがどのように業界の競争に影響を与えているかを考察し、業界の魅力度を測るもの。


【コスト・リーダーシップ戦略】

企業が経営を行っていく上で、コストを下げたり、価格が安いことを利点として消費者を集めることで、競合他社よりも優位を目指そうとする戦略。

【差別化戦略】

特定の製品やサービスの市場を同質とみなし、競合他社の商品と比較して機能やサービス面において差異を設けることで、競争上の優位性を得ようとする戦略。


【付加価値連鎖分析／バリューチェーン】

原材料の調達から製品・サービスが顧客に届くまでの企業活動を、一連の価値（バリュー）の連鎖（チェーン）としてとらえる考え方。


【オペレーションズ・リサーチ】

新しくビジネスを始める時や現在実行中のビジネスを改善する際に、数学的・統計的モデルやアルゴリズムの利用などにより、最も効率的になるよう決定する科学的技法。


【ナマモノ問題】

オペレーションズ・リサーチでは「今日の新聞を明日売れない」という状況で需要が確率とともに与えられている時に仕入をどうすべきかという新聞売り子問題と呼ばれる問題の「今日の新聞を明日売れない」という部分を本書では「ナマモノ問題」として紹介した。


【固定費用】

資本設備を一定とした時、生産量の増減に関わりなく生じる一定の費用。「固定費」とも言う。人件費と経費（広告宣伝費、交際費、家賃、水道光熱費、リース料など）が主なもの。


【可変費用】

資本設備を一定とした時、生産量や売上に比例して増減する費用。「変動費」とも言う。主に、原材料費、仕入原価、販売手数料、消耗品費など。

【損益分岐点】

赤字を出さずにやっていける販売数量。

【クリティカルマス／臨界質量】

放射性物質が連鎖的に核分裂反応を起こすために必要な質量。ビジネスにおいては商品の普及率が一気に跳ね上がる分岐点を指す。

【経験曲線】

製品の生産量の増加に伴って単位あたりの総コストが低下していくことを示した曲線。一般に累積経験量が二倍になると単位コストが20〜30％減少する関係にある。

【選択と集中】

自社が得意とする事業分野を明確にして、そこに経営資源を集中的に投下する戦略。一九八〇年代、ジャック・ウェルチが率いるゼネラル・エレクトリックは、この戦略に基づいて資源の再分配を行うことで業績を飛躍的に向上させた。

第3章

結婚

オレも理容師になって十年になる。そろそろ身を固めようと決めた。お客さん相手のよく似た仕事だからとネイリストの女性と付き合ったことがあったがうまくいく気がしなかったので別れた。やはり、理容師は同じ業界の女性がうまくいくと思った。オレが修業した「オオシタ」の後輩でまだ「オオシタ」で働いている知見とは付き合っているともいないとも言えない微妙な先輩と後輩の関係だがフィーリングは悪くないと感じていた。色白で切れ長の目のよく気の利く後輩だった。現実的な話だが知見の実家は理容師をしているわけでもなく、「オオシタ」の後に戻らなければならない実家の理容室もなかった。結婚するというのは一緒に生きていくことだからこういう現実も大切だと思い知見にプロポーズしようと決めた。

オレは、新宿ボストンホテル二十五階の「マンハッタングリル」で、知見に正式にプロポーズすることにした。

以前にこっそり指輪のサイズを聞き出していて、新宿の宝石店で婚約指輪を買った。そこの店長さんが「ザンギリ」の古くからの常連さんだったため、親父に紹介してもらい、随分値引きしてもらった。給料の三ヶ月分かと思ってビビっていたけど、「あれはダイヤモンド会社の宣伝ですから」の一言に安心した。

これまで知見にはさんざん、仕事の話、理容師の家庭の話、こんなふうに人生を生きたいという話ばかりをしてきた。同じ師匠の大下さんのもとで修業した先輩と後輩の関係だし、大下さんのお袋さん（「オオシタ」のばっちゃん）やらなんやら応援団がついていたので、知見もそれなりに空気は察しているし、唐突なプロポーズではないので、失敗はないはずだけれど、それでもドキドキした。

こんなところでディナーすることは滅多にないので、予約の仕方もいまいちわからず、電話で「デートで夜景のキレイな席をお願いします。フルコースで」とお願いした。レストランに着くと、頭をポマードでなでつけた黒いタキシード姿のマネジャーが案内してくれた。

窓越しに新宿の高層ビル群を眺められるロマンチックな席だったが、なんとカウンターの席だった。テーブルを挟んで向き合い、ディナーを楽しむイメージでいたオレは動揺した。そして、その動揺のまま知見の「ロマンチックなところね」の言葉に、席を替えてもらうこともどこかに飛んでしまい、そのまま座ってしまった。

オレのプロポーズ大作戦は、しょっぱなからつまずいてしまった。乾杯のスパークリングワインは美味しく、そこから前菜が続いた。

どうしようか……どのタイミングでどこを見てプロポーズすればいいのかな、と思案しているうちにコースはどんどん進んでいった。が、「このワイン、美味しいね」と間をつなぎ、グラスを傾けているうちに、どんどん酔いが回ってきた。

そして、メインのステーキが運ばれ、目の前でジュージュー音を立てているのを見たとたん、クラッときた。ウッときて、トイレに駆け込み、ゲーゲーと戻した。

――チクショー、最悪だ。

親父、お袋、師匠の大下さん、「オオシタ」のばっちゃん、理容修業の仲間……みんなの顔が走馬灯のようにクルクル回った。絶対に負けられない勝負は厳しいものなんだ。

顔を洗い、うがいをして、水を飲んで、態勢を立て直してトイレを出ると、そこには不安そうな顔をした知見が待っていた。

「ノリさん、大丈夫？」

――ここだ、このタイミングだ。今だ。

一瞬の沈黙が永遠に感じられた。手から吹き出す汗の一粒、一粒を感じることができるような気がした。そして、「あ、あの。お、オレでよかったら……」と言いかけ、ポケットをさぐると、そこにあるはずのものがなかった。

――あー、どこだ!?　あ、トイレだ、トイレ。洗面台だ！

思い出して振り返ると、顔がぶつかりそうなところにあのマネジャーがいた。

「ヒエ〜」

オレは、驚いて飛び退《の》いた。マネジャーはニコリとして、「これ、お探しじゃないですか」とポケットの中にあるはずだった婚約指輪の入った箱を差し出した。

さらに、「今のカウンター席、私どもの手違いでした。別のお席をご用意しましたので」と個室に案内してくれた。しかし、それは手違いではなかったはずだった。マネジャーはきっと嘘《うそ》をついたのだ。オレはとにかく従った。そこには、さっきのステーキが運ばれており、そこから仕切り直した。落ち着いてステーキを食べ、デザートとコーヒーを待ってから、知見の目を見つめて言った。

「オレ、『ザンギリ』を行列ができるくらいの繁盛する理容室にしたいんだけれど、一緒にやってくれませんか？　お願いします」

知見は、少し照れくさそうにはにかみながら「はい、お願いします」と答えてくれた。

これがオレのプロポーズだ。

オレは黒いタキシードのマネジャーのことはよく知らない。彼にとっては、オレなんかたくさん来るお客の一人に過ぎないのだろうと思う。でも、このマネジャーのような心のこもったさりげない対応を、「ザンギリ」でもできたらいいなと思った。

オレは、プロポーズの話を一気にした。

ジョーさんは黙って聞いていた。

「ええ話やな」とジョーさんは言った。

「内緒にしておいてくださいよ」

「それほど、理容室が好きなんやな」

プロポーズから一週間後の月曜日。オレは四谷三丁目のドトールでジョーさんとコーヒーを飲んでいた。

「オオシタ」の後輩スタッフのカット練習に付き合う前に腹ごしらえをしようと、席に座ると、「やっぱり、ジャーマンドックうまいやろ」と不意に横からジョーさんが声をかけてきたのだ。

――何なんだろう、この人は。

ジョーさんはこの前と同じ、ジーンズと茶色のフリースを着ていた。ジョーさんは完全に気配を消していた。カメレオンみたいだった。いや、カメレオンなら景色に溶け込むために体の色を変える。しかし、ジョーさんは、いつもと同じ服。どうみても〝着たきりスズメ〟である。不思議だった。

「最近、調子はどうや?」と剣術の達人のようにスーッと間合いを詰めてきた。その圧力に抗するように、オレはプロポーズの話をした。いや、させられてしまった。

「よく考えてプロポーズしたか?」

「はい、よく考えました」

「それはよかったな。たしか、フランスの劇作家・モリエールが『人は無我夢中に急いで結婚するから、一生後悔することになる』て言うてたけど、君の場合はきっとうまくいくやろうと思う」

まだ、よく知らない人でも、そう言ってもらえると嬉しかった。

「ありがとうございます」

「婚約のお祝いに、仕事についての心構えの話をしたるわ。仕事についてはこの心構えで始まり、この心構えで終わる。仕事の全てや」

今、A、B、Cの三人が、セスナ機に乗って飛んでいる。AとBはお客さんで、Cはパイロットだ。ところが、海の上を飛行中、突然、エンジンの調子が悪くなった。どうやっても調子は戻らず、三人はパラシュートをつけて飛び降りることになった。そのパラシュートを畳んだのは、操縦桿《そうじゅうかん》を握るCだ。パイロットは最後に飛び降りると決まっているので、Aから先に飛び降りることになった。で、セスナ機の扉を開き、いよいよという時、Aはふと尋ねた。

「パラシュート、ちゃんと畳んだよね？」

「うん、頑張ったよ」とCが答えた。

ここまでジョーさんは話して、オレを見て尋ねた。

「君がAやったら、そのパラシュートを背負って外に飛び出せるか？」

「なんかイヤです」

「せやな。Cが頑張ったかどうかはパラシュートの安全性と関係ないもんな」

「そうですね」

「この局面で、君は何としても生き延び、家族のもとに帰らなければならないとしたら、どうする？」

ジョーさんはじっとオレを見つめた。

オレは考えた。ジョーさんの圧力に負けて、考えたことを絞り出した。

「Bに先に飛んでもらう、ですかね？」

「それも一つやな。しかし、Bのパラシュートは開かず、海に消えていった……」

Aは、自分が操縦桿をおさえておくから、Cにパラシュートを畳み直すように依頼する。言われたCは、後ろでゴソゴソとパラシュートを畳み直す。

Cが畳み終えると、Aが「今度はちゃんと畳めたよね？」と尋ねる。

するとCは「今度は、気をつけたよ」と答えた。

「君がAやったら、そのパラシュートを背負って外に飛び出せるか？」

「イヤです」とオレはとっさに答えた。

「せやな。じゃあCが何と答えたら、Aはパラシュートを安心して背負えるんや？」

オレはその質問に答えることはできなかった。

「わからんか。まだ、わからんやろな。それがわかったらどんな仕事をしても成功する。この質問の答えを探し続けるんや。ついでに、『頑張りました』は敗者の戯言《たわごと》やということを忘れたらアカン。どんなに一生懸命やったとしても、結果が出ない頑張りはムダや」

ジョーさんはカップに残っていたコーヒーを飲み干し、「約束があるから、もう行くわ」と立ち上がった。オレは答えを教えて欲しかったし、もっと経営のことを教えて欲しいと強く感じ始めていた。

「大事なことはな……」

ジョーさんが言い忘れたことを思い出したかのように、呟いた。オレは一瞬、答えを教えてくれるのではないかと期待したが、ジョーさんはハハハと笑って「婚約、おめでとう。この話がお祝いや。おきばりやす」と言い残し、店を出ていった。

新宿の街路樹の緑も少し鮮やかになり日差しも春めいてきたある日曜日、「髪を切ってくれ」とジョーさんが連絡してきて、例によって午前十一時に、店に現れた。

どっかりとバーバーチェアに座ったジョーさんは「あれから何した？」と言った。

「マイケル・ポーターの本を買ってきて、毎日少しずつ読んでいます」と答えた。

「見せてみ」とジョーさんが言うので、持ってきていた本を渡した。

「へー、『競争の戦略』。原典を買ったんか？　これ、五百ページくらいあるで」

「はい」

「いつ買うたんや？」

「ジョーさんにポーターを教えてもらった日です」

「そうか半年前の秋やな」

「はい」

ジョーさんは本をパラパラめくりながら呟いた。

「あちゃー。これは、最悪の読み方やな」

「へ？」

「君の読み方は、頭から順に赤ペンで線を引きながら丁寧に読むやり方やろ」

「いえ、オレは蛍光ペンを使ってます」

「アホ、おんなじや！」

「すいません」

「こういう読み方は疲れるし、理解できへんし、ええことなんにもないで」

「じゃあ、どうしたら……」

「あのな、**読書で大切なんは『全体から部分』を常に心がけることや**」

「全体から部分すか？」

「ええか。この人差し指の先をじっと見てみ」

ジョーさんは右手の人差し指で、鏡の中のオレの眉間を指した。オレは言われたとおり、鏡の中のジョーさんの人差し指を見つめた。

「今から動かすからじっとこの指先を追いかけるんやで」

ジョーさんはスーッと指先を右に動かした。今度はスッと素早く左に動かした。そして、スーッとセンターに持っていった。そして、スッと素早く上に持っていき、今度は真下にスーッとゆっくりと下ろした。

「目になんかストレス感じたやろ？」

「はい」

「同じこともう一回やるで」

ジョーさんは、さっきと同じ動作を繰り返した。

「どや、今度はストレス軽かったやろ」

「本当ですね」

「なんでか言うたらな、『こんな感じ』という全体像を一度つかんでたから、二度目には指の動きを予想できたんや」

「なるほど」

ジョーさんは、バーバーチェアに座りなおして言った。

「『競争の戦略』の原典ではなく、コンパクトにまとめた本があったやろ?」

「ありました」

「コンパクトということは、全体が圧縮されてるやろ」

「なるほど、そうですね」

「それを先に読んでから原典読みたかったら読んでもいいが、目次だって全体の要素を圧縮してるから、目次をしっかり読んでから、本文を読んだらええんや」

「なるほど」

「序文やはしがきは『何が書いてあるか』をまとめているから、そこを先に読むのもいい。あとがきが役に立つこともある」

「はい」

「速く、軽く、少々理解できなくても、細部にこだわらず繰り返して読むのも『全体から部分』の動きやろ」

「言われてみれば、そうですね」

「だから、本を読む時は、いつも『全体から部分』を原則として付き合うんや。わかったか?」

「はい」

「あと、ついでに、どんな難しい本も、三歳の子が書いたと思って読んだらいい」

「三歳の子が書いた本すか?」

「そう。そうしたら『この子は何が言いたいんかな?』と想像して、能動的に読むようになる。能動的に読めたら、さっきの目を動かした時のような負担も減り、全体を正確に把握できるようになる。あとは、全部理解しようと欲張らんこと。読書の目的を絞っておくこと。必要なことさえわかったらええんや、と割り切ることやな。で、本を読む以外に何やった?」とジョーさんは言った。

調髪の前、髪を濡らしていたオレの手は止まった。

――ジョーさんは、オレがいろんなことをしているのを見透かしている。

そう思った鏡の中に、オレの心の中を覗くかのように見つめるジョーさんがいた。

「君には優れた能力が二つある」ジョーさんは唐突に言った。「気づいているか? 一つは、人を見抜く力や」

――そうかな? でも、どうしてそう思ったんだろう。

「江戸の中期に、〝日本一の観相家〟と言われた水野南北《みずのなんぼく》という観相見がいたんや。『黙って座ればピタリと当たる』というのは南北のための言葉や。南北は観相見の修業のために、九年もの間、いろんな仕事に就きながら人間を観察し、研究し、『観相学』の奥義を究めたんや。君も理容師として十年、見習いしたやろ?」

「はい」

「まあ、君も観相見やったとしたら、もうそろそろ免許皆伝になるくらいは、いろんな人を見てきたことになる、あとは技術と方法の体系がないだけやろ、それでも十分な直感はあるはずや」

言われてみれば、そのとおりだった。

「それで、空野ジョーを見つけたんやろ?」

ジョーさんはニヤリと笑って続けた。

「もう一つは何やと思う?」

試されているようでなんだか圧力を感じた。考えているうちにジョーさんは続けた。

「あのな、師弟関係を結ばせた行動力や。そんな行動力は滅多にない。世の中、理屈を言う頭のええヤツだらけや。でも、君はホンマにやる。逃げない。それができるヤツは滅多におらん」

「言われてみれば、そんな気がします」

「その強みをフルに活かすしかない。そしたら、『ザンギリ』を繁盛させる突破口が必ず見えてくる」

実際には何も進んでいない。お客さんが増えたわけでもない。しかし、ジョーさんの言葉を聞いているとできそうな気がするから不思議だった。

「でな、そんな君が何にもせんかったとは考えにくい。何をやってみたか、正直に話してみ。そこから考えよか」

「はい」

最近、書店で仕入れてきたマーケティングの本には、生産者が販売店などを通じて消費者に積極的に売りこんでいく〈プッシュ戦略〉と、広告やプロモーションなどで消費者の購買意欲を引き出す〈プル戦略〉が紹介されていた。

理容室の場合は販売店も何もないのだから〈プル戦略〉しかないと考え、チラシを作って、駅前で配ったり、新宿界隈《かいわい》の居酒屋や食堂など置いてくれそうな店に片っ端から撒《ま》いて歩いていた。ハンバーガーショップの軒先にあるリリース用のラックにコッソリとチラシを置いたこともある。

「で、どうやった？」

「反応はサッパリ……」

「そうか」

「でも、クリティカルマスを目指して継続ですよね？」

「あのな。理容室は基本的に、いや、徹底的に地域密着なんや」

「徹底的に地域密着ですか？」

「そうや、地域で勝負するしかないんや、ラーメン店とかレストランやったら違うけどな」

ジョーさんは、まず五千円前後のレストランと理容室は何が違うのかを考えたのだそうだ。値段は大体同じくらいで、しかもレストランも理容室も同じ「ナマモノ問題」(P71参照)のビジネスだが、一点だけ根本的に違うのだと説明してくれた。

それはリピートのサイクルだった。例えば、レストランなら、誰もが一度食べればもう半年くらいは食べなくてもいいような個性の強い美味しい料理を出せば、その強い個性と味に惹《ひ》かれ、お客さんは遠路はるばる半年に一度は来てくれる。そんなお客さんを十分な数見つけられれば商売は成り立つ。つまり、レストランはそれほど地域密着でなくとも成り立つのである。逆に、それを狙って、徹底的にインパクトの強い料理を出すという作戦も可能だ。

一方、理容室は、今月は「ザンギリ」で髪を切って、あとは別の店に行き、半年後に思い出したように、また「ザンギリ」に来るということは珍しい。理容室に来てくれるお客さんは(毎月)通ってくれるというのが基本で、「遠いけれど久しぶりに行こう」とはなりにくいのである。

理容室の場合、お店を選ぶポイントの中では、地理的な距離がかなり重要なのではないかというのがジョーさんの仮説だった。

「遠方から来ると時間がかかる。この時間にホンマはいくら稼げたかというのを〈機会費用〉というんやけどな。その上、移動するから交通費もかかる」

「なるほど」

「せやから、十分間千円の理容室は、圧倒的に『近所』か『ついで』の完全地域密着や」

「そうですね」

「じゃあ、四千五百円のお店に来る人はどうやと思う？」

「ちょっとは、遠くからも来てくれるんじゃないですか？」

「その可能性はある。でもな、四千五百円払える人は、それなりに稼いでいる分、機会費用も高いから、わざわざ遠くまで髪を切りには行かない、と考えるのが普通や。だから、一般的には、やっぱり地域密着なんや」

「じゃ、ダメじゃないですか？」

オレはスーッと血が引き、目の前が真っ暗になる気がした。

「ダメかどうかはわからない。やってみないとわからん。絶対にやりようはあるはずなんや。要はこの地域に密着し、この近隣で勝負せなアカン言うことや。しかも、インパクトの強さで売るというレストランでなら可能な作戦も通用しない」

「はい。あの……」

「なんや？」

「四千五百円の理容室に未来はあるのでしょうか?」

鏡の中のオレの心配そうな顔を見たジョーさんは、左手の人差し指で自分のこめかみと左胸をトントンと突いてみせ、「ココとココ次第や」と笑った。

「でも、みんな安い店に行くんじゃないですか?」

「あのな、二つ大切なことを教えたる。一つは価格、もう一つは価値」

「価格と価値ですか?」

「そうや、価格と価値や」

ジョーさんは経済学には〈需要曲線〉というのがあると教えてくれた。ある商品やサービスに関して、安いとたくさんの人が買いたがり、高いと少数の人しか買いたがらない。それをグラフにしたものだ。

みんな、安い商品やサービスが出てくると、「価格を下げないと競争に負ける」と思いがちだが、実際にはそうではない。需要曲線が存在するということは「高い価格でもお金を払ってくれる人がいる」ということだ。

「高価な店や安い店が混在しているのは、中味がそれなりなら多様性があって社会としてはいいことや。だから、高い理容室だからダメと思わんと、堂々としてたらええ」

「はい!」

高価格でも需要があることを示す需要曲線

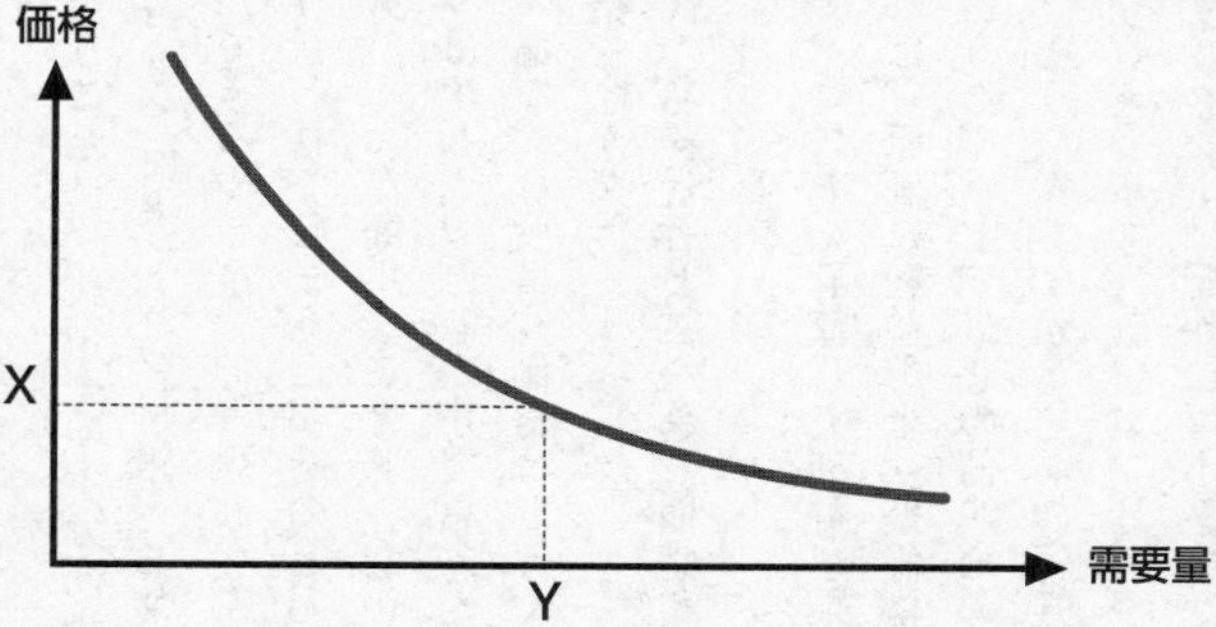

「商品の価格を X に設定したら、どのくらいの数量 Y が売れるか」を表したもの。右上がりの「供給曲線」と組み合わせて、交点を「均衡価格」とすることもある。

「しかも、今、『ザンギリ』には常連のお客さんがいるんやろ？」

「はい」

「彼らは四千五百円払ってくれるんやな？」

「そうです」

「それで君たちは飯を食えてるわけやな？」

「はい」

「ということは、四千五百円を払ってくれるお客さんは、ちゃんと存在するということやろ？」

「そのとおりです」

「前にも言ったけど、君の店は一日どう頑張ったとしても、最大七十人の四千五百円払ってくれるお客さんに来てもらうだけの話やな？」

「はい」

「ということは、新宿中の十分間千円の理容室に行きたい人を説得して四千五百円の『ザンギリ』に来てもらわなくても、四千五百円のお店に来たい人だけ見つけたらすぐ一杯にできるやろ？　そう思わへんか？」

そう言われてしまうと、そのとおりなのだが、それが難しいのだ。

「でも、そんな簡単なことじゃないですよ」

オレは少しムッとした声で言った。

「じゃあな、今度は、価格はどうやって決めるか、知ってるか？」

「価格ですか？」

「現代の名経営者と言われる稲盛和夫《いなもりかずお》も『稲盛経営十二箇条』の六番目に『値決めは経営』と言ってる」

「まず、コストを計算して利益を乗せて……」

「それは、原価に利益を乗せて価格を決めるという意味で〈マークアップ・プライシング〉言うんやけど、最悪の値決めの方法や」

「え、そうなんですか？　あの経営コンサルタントの報酬は……」

「よう覚えてるな。経営コンサルタントは、原価に乗数を掛けて報酬を計算する。経営コンサルタントは確かにマークアップ・プライシングや。例外的にマークアップ・プライシングでないといけない職業もある。医者や弁護士と一緒で、困ってるお客さんの懐具合を見て値段を決めるようなことをやったらあかん、という考え方がある。自分の弱みを知られた上に、そんなんされたらイヤやろ。医者、会計士、弁護士、経営コンサルタントのように高度な倫理観を要求されるプロフェッショナルはちょっと特殊なんや」

ジョーさんは面白そうに鏡の中のオレの顔をしげしげと眺めたあと、「あのな、近所にええ喫茶店あるんや。そこ行ってみよか」と誘った。

その喫茶店は、新宿西口の思い出横丁にある浦田屋珈琲店だった。濃いチャコール色の木材で組み上げた体裁の店は山荘のようで雑然とした雰囲気の思い出横丁にあって不思議な存在感があった。店に入ると掃除が行き届いているのが感じられエアコンがよく効いていて空気が凛《りん》と澄んでいた。入ったところには一枚ものの大きな木の板で作られた四角いテーブルがあった。

「ここでええやろ」

ジョーさんはその四角いテーブルを指差した。

席につくと、エプロンをつけたアルバイトふうの店員がオーダーを取りに来た。

ジョーさんは、すかさず「ブレンド二つ」と言って、話し始めた。

「この店、初めてか？」

「はい」

「初めての店ではそこのブレンドを飲むのが鉄則や。何しろその店のイチオシの味やからな。ここのコーヒー、何ぼするか知ってるか？」

オレはメニューを見た。

「七百二十円です」

「ドトールのコーヒーは何ぼや？」

「ええと、たしか……」

「二百二十円や。ほんなら、マクドナルドのコーヒーはいくらや？」

「百円です」

「ここのコーヒーは、マクドナルドの七倍以上やろ」

――本当だ。言われるまで、強く意識したこともなかった。

「さっきの〈マークアップ・プライシング〉やとな、ウチは高い豆を使ってるから、コーヒーは豆の値段の三倍でという発想になるから、店の雰囲気やロケーションを丸ごと無視してる。お客さんがお金を払っているのは、それも含めてやろ？」

「言われてみれば……」

「うん、他にはどんな方法が考えられる？」

「他の店を見て決める？」

「それは競合価格設定。〈コンペティティブ・プライシング〉いうんやけど、理想的ではない。マクドナルドの一万倍の値段のコーヒーを出すウルトラ高級喫茶店をやろうとは思わんやろ？　右見て、左見て決めても、そういうものの本当の価値に対して価格をつけられないやろ、ほんまにお客さんが来てくれる価値があったら一杯、百万円のコーヒーでもええんやからな」

「なるほど」

「理想は〈バリュー・ベースド・プライシング〉て言うんやけどな、**価値に見合った価格をつけることや**」

「じゃ、価値って何ですか？」

悔し紛れに言うと、ジョーさんは笑いながら応じた。

「この間、喫茶店でコーヒー飲んだ時、君は店の向かいのドトールに連れて行ったやろ。もうちょっと歩いたらマクドナルドあるの知ってたのに」

「あ、そうですね」

「なんでや？」

「人からものを教えてもらうのに、マクドナルドじゃあれかなと……」

「せやな。その『あれかな』が、マクドナルドと比較した場合の価値やろ」

「はい」

「ほな、ここにいるお客さんは、なんでこの店に来てコーヒー飲んでると思う？」

「やっぱり味と雰囲気ですかね」

「百円のマクドナルドとも二百二十円のドトールとも違う価値があるからやな」

「はい」

「価値というのは、お店によって全く違う。また、そのお店を使うお客さんによっても見出している価値は全く違う。その価値に対して払える価格というのも、人によってまちまちや。正体がない」

「本当ですね」

「その中で、できるだけ多くのお客さんが喜んでくれる価値を提供し、お客さんの数と価格を掛けた売上から費用を引いた利益が最大になるように、自分なりの価値と価格の組み合わせを選び出さなあかん。それが経営や」

オレはそう言われて日々の活動の意味に触れた気がした。

「そういえば、前にパラシュートの話したやろ？」

「あ、はい」

「Cがどんな返事をしたら、AはCが畳んだパラシュートを安心して背負えるのか、いう問題、考えてみたか？」

「いえ、わかりませんでした。考えたんですが……」

「答えはな、『手順どおりに畳んだ』という返事や。安心して背負えるパラシュートってな、結局、手順どおりに畳んであるかどうかなんや」

「手順ですか？」

「そうや。こういう手順でやればパラシュートがちゃんと畳めますというチェックリストがある。そのチェックを全部クリアできたら、『正しく畳めました』と言えるやろ」

「そうですね」

「結局、仕事って手順が勝負なんや、正しい手順を持っているか、それを守って仕事ができるかが全てなんや」

「はい」

仕事が半人前の時は手順を覚えることに集中する、部下ができたら手順を教え徹底することが大切だ。そして、誰もやったことのない新しい仕事を任されたら手順を作るのだと思ってやるのが良い。なぜなら、手順を教え他の人にやってもらえるようにするのだと思ってことにあたれば、仕事に誤魔化しがなくなり、部下に仕事を命じる力量がつくからだ。

「あのな、このパラシュートの話はつづきがあるんや、聞きたいか？」

「はい、是非」

「このパラシュートの話をフランスのプロデューサーと初めて会ってランチをした時に、

これが俺の『仕事の哲学』やと一発かましたったんや」

「へー、どうなったんですか?」

「あなたの『仕事の哲学』が気に入った。是非、一緒に映画を作りましょう。頑張ります。と言いよった」

「ハハハ」

オレは思わずコーヒーを吹き出しそうになった。

「フランスのプロデューサーが一枚上手やったんや」

ジョーさんはオレのリアクションを満足そうに見つめコーヒーを口にした。

「もう一つ大切なんは数字や。個人でも経営で大切なんは数字。数字で表現したら〝アマイ〟〝アイマイ〟というのは一気になくなる。パラシュートの畳み方で言えば『ここを何センチ折りなさい』とかな。君の場合は、とりあえずお客さんを数字で把握することを、まずやってみたらええと思う」

「はい」

「例えばな、マクドナルドは、徹底的に数字で考えるシステムを持ってるんや」

ジョーさんによると、マックシェイクの温度は何度、マックフライポテトを揚げる油の温度は何度、室温は何度、待ち時間は何分以内、カウンターの高さは何センチ……機械の置き方からすべて、数字で決まっているのだという。

「それで世界最大のファストフードチェーンになったんや。数字で把握する企業は強いんや、覚えておいたらいい」

「はい」

「あのな、何気ないフランチャイズの飲食店に経営のヒントが詰まっているんや」

「他にはどんな？」

それを聞いたジョーさんはお腹をさすりながら「腹へったな」と笑った。

ミックスサンドを注文するとジョーさんはパクついた。

「うまい、これ、ほんまにうまいな」

「そりゃ、そうでしょう。オレが払ってんですから」

「そうやった、そうやった」

「それより、教えてくださいよ」

「うん」

ジョーさんはミックスサンドを残っているコーヒーで流し込んだ。

「スタバの店員はスタバらしいやろ」

「はい」

「マクドナルドの店員はマクドナルドらしい」

「はい」

「ドトールの店員はドトールらしい」

「はい」

「喫茶室ルノアールの店員はヤッパリ、喫茶室ルノアールらしい」

「そうすね」

「なんでや？」

「えっ」

「それを考えるんが経営者やないか」

「すみません」

「歌舞伎町《かぶきちょう》の喫茶室ルノアールでヒアリングしたことあるんや」

「ヒアリング？」

「店員になんでスタバで働かないのかって聞いてみた」

「へー」

「その店員は『あそこまで陽キャじゃないんで』って答えよった」

「陽キャ？」

「陽気なキャラクター、ま、明るいってことや、その反対が陰キャ、陰気なキャラクターや」

「なるほど」

「みんな、自分のキャラクターを自分なりに分析して、自分のキャラクターに合ったバイト先で働いているんや。だから、店の雰囲気をどう作るか、スタッフを採用する時、キャラクターが合うかどうかは経営において、特に人材確保において非常に大切な問題なんや」

「そういうことなんですね。でも、いつそんなスタッフの採用するんですかね？」

「もうすぐ起こると思う。このまま頑張れ」

「はい」


オレの家は西新宿の店から歩いて十五分ぐらいの中野坂上《なかのさかうえ》駅の近くにある。親父は理容師の見習いを終え、一人前になった時に結婚した。お袋も新潟《にいがた》出身で同じように東京《とうきょう》に出て来て理容師をしていた。出会いは理容の師匠の紹介だったから、オレと同じようなものだった。結婚した二人の家は三十年のローンで買った建売のこぢんまりとした一軒家だが家族三人の大平家にはその家は城だった。

その夜は、その大平家の夕飯に知見も加わっていた。

「昼間に広田《ひろた》さんが来てたよ」と親父が言った。

広田さんというのは、子どもの頃からかわいがってもらっている親父の弟弟子だ。

「よく、動物園に遊びに連れて行ってもらったわよね」お袋が言った。

「動物園?」動物園の意味がわからない知見は怪訝《けげん》な表情をした。

広田さんは、オレを連れて行くとツキがあると言って、日曜日になるとよく東京競馬場に連れて行ってくれた。

「万馬券当てて、同じラジコンカーの色違いを三台買って、競争したことあったね」

「万馬券……ひょっとして競馬?」と目を白黒させる知見。

「そうそう」とオレ。

「でも、最近は頑張っていて、二店目を出すと言っていたよ」と親父。

そして、親父は、話題を変えるように、オレが脇に置いていた三冊の本を見つけて手に取り、「随分難しそうな本を買ってきたな」と言った。

「理容室もやっぱり、経営戦略を考えないといけないしね」

「本なんて、何か一つでもわかったら、よかったと思って付き合わないと大変だぞ」

と親父は言った。地方から大学進学のため上京し、苦学したものの資金が続かず理容師になった親父は読書好きで、お客さんがいないと本ばかり読んでいた。

「何か一つでもわかったら、よかったと思って一冊の本と付き合う」という考え方は親父の口から初めて聞いたが、いい考えだと思った。全部理解しようとすると、ちょっとでもわからないことが出てくるとパニックになるけれど「一つでも」と思えばそうはならない。

時間を見つけては、たくさんの本を読んできた親父らしい読み方だった。ジョーさんが言っていたことにも通じるところがある気がした。

続けていれば一つずつ、一歩一歩、成長していけるのではないか。そして、そうやって力がつけば、「ザンギリ」を繁盛する店にできるのではないかと思った。

どうすれば繁盛させられるのかオレにはまだわからないが、ジョーさんは経営について熱心に教えてくれる。きっとこんなことをしている理容室は日本でも「ザンギリ」だけだ。だから、きっとチャンスはある。

オレは、「ザンギリ」が繁盛している様子を思い浮かべつつ、ピーナッツを一粒食べながら前向きに考えた。


髪を切りに来たジョーさんに、「ジューンブライド」がいいという知見の希望どおり、六月に結婚したこと、結婚式にはＨＣＡの関係者、師匠の大下さん、修業時代の仲間、先輩も後輩も集まってくれたこと、新婚旅行はオーストラリアに行ったこと、星の美しさとエアーズロックのスケールには、心底、感激したこと、そして、新婚旅行から戻り、知見が正式な家族の一員として「ザンギリ」に加わったことを報告した。

ジョーさんは嬉しそうだった。

「あのな、独身の間人生は直線なんや、結婚すると平面になり、子供ができると立体になる。早く、立体になるように頑張れよ」と言って、新宿西口のドラッグストアで買った精力剤をプレゼントにくれた。ジョーさんに出会って二年たった夏だった。

第3章のキーワード

【プッシュ戦略】

生産者が、卸売業者や小売業者を通じて、消費者に積極的に売り込んでいく〝押せ押せ〟の販売戦略。


【プル戦略】

生産者が、広告や消費者向けのプロモーションによってブランドに対するイメージを形成し、消費者の購買意欲を〝引き出す〟販売戦略。


【機会費用】

ある生産要素を特定の用途に利用する場合、それを別の用途に利用したならば得られたであろう収益の最大金額のこと。


【需要曲線】

財（物品）やサービスの価格と需要量の関係を示す曲線。一般的に、縦軸に「価格」、横軸に「需要量」をとったグラフにおいて、右下がりの線で示される。


【マークアップ・プライシング】

原価志向の価格設定手法の一つで、商品やサービスなどの価格を、仕入原価に一定率の上乗せ（マークアップ）をして算出する価格設定法。


【コンペティティブ・プライシング】

競合他社の製品価格との比較で決める価格設定法。

【バリュー・ベースド・プライシング】

他社製品との比較から自社製品の「差別化された価値」を算出し、「消費者ニーズ」と「企業の利益」の両方を満たすように収益化する価格設定法。

第4章

最初の見習い

ジョーさんの予言どおり、雅志《まさし》という新しい見習いが「ザンギリ」に入った。山形県《やまがた》出身で山形の理容学校を卒業、オレが修業した「オオシタ」で見習いをと理容学校の先生経由で打診があったが「オオシタ」の見習いは既に定員一杯で大下さんから「『ザンギリ』でやってみたら」と紹介されてやって来たのだった。将来は山形に戻るつもりだが、修業時代は華やかな東京でという見習いの理容師は少なからずいる。雅志もその一人だった。身長は百七十センチちょっと、色白で少しぽっちゃりとしており、山形出身らしく無口で真面目にコツコツ頑張りそうな青年だった。

修業先の「オオシタ」時代にはいたこともあったが、「ザンギリ」ではオレの下につく最初の見習いだった。何か不思議な感じがした。いよいよ「ザンギリ」に自分の下につく人間ができたのは嬉しくもあり、誇らしくもあったが、給料を払わないといけない従業員が増えるわけで、人件費は大きな出費になる。家賃だってビルの地下といえども60万円もする。

だから、何とかしてお客さんを増やしたかった。チラシを撒きまくったが、砂漠に水を撒いているようなもので、何の手応えもなかった。

半年ほど前にジョーさんがくれたアドバイスの一つが、「**今のお客さんを徹底的に把**

握しろ、数字で把握しろ」ということであった。

「『お客さまカルテ』はつけてますよ」と言うと、ジョーさんは「残念ながらアカンのや。そんなおざなりのやり方ではアカンのや」と一蹴した。「『もっとお客さんに来てもらおう』『集客を増やすための手がかりがなんかあるはずや』という企みというか心がいるんや。そのためには、自分の手を動かして、ゼロから考えることが必要なんや」と言っていた。

そして、「気づいたことを徹底してメモしろ、表を作って、何時にどんなお客さんが来たかを記録しろ」と言われたことを素直にやってみると、それは、事務的に「お客さまカルテ」に記入するのとは何かが違った。「何をメモすべきか」を考えながらお客さんの情報を書き出すことは、オレ自身の観察力、考えることを要求されるような気がした。

面倒な作業だが、毎日続けていると、筋トレを続けているような感覚になった。

新宿の街も秋めいてきた。ジョーさんが平日の営業日に両手にどこで見つけたのか「天津甘栗」を土産に持ってやってきた。

「ほら、これ、秋らしいやろ、桃栗三年柿八年って言うからな」

「お会いしてまだ二年ですよ」

「あ、そうやったんか」

ジョーさんはポリポリと頭をかいた。

「まあ、その間に結婚もして素晴らしいことやな。この甘栗みんなで食べて、なんやようわからんけど」

ジョーさんは笑った。

「ありがとうございます。ところでこの甘栗どこで？」

「さっき、横浜の中華街に出かけてたんや」

「仕事ですか？」

「企画の取材や」

ジョーさんが映画作りの話をするのは初めてだった。

「どんな企画ですか？」

「中華街の人、みんな中国語訛《なま》りの日本語やろ」

「そうですね」

「あれ、みんな中華街の営業上一致団結して守っていることでほんまは全員完璧な日本語話せるんちゃうかと思うんや」

「え、そうなんですか？」

「アホ、そんなわけないやろ、それを暴きに中華街に潜入する男の話を考えているんや」

「なるほど」

オレはジョーさんに映画監督としての才能があるのか少し自信が揺らいだ。

お客さんがいなかったので店の向かいのドトールで話すことにした。

「商売のほうはどうや?」

そう聞かれても何を答えればいいかもわからず困るのだけれど、「サッパリです」ととりあえず答えた。

「そうか。お客さんは、あいかわらずビジネスマンばっかりか?」

それは最初から伝えていたような気がしたが、「はい」と答えた。

ジョーさんはオレが持ってきた「お客様メモ」を見て確認したが、字が汚くて読めないようだった。

「このお客さんはどんな人や? 雨の日はどうや? この時間にお客さんが多いのはなんでや? この日、お客さんが多い理由は何が考えられる? この日、お客さんが少ない理由は何でやと思う?」

ジョーさんは次々と聞いてきたが、「そのお客さんがどうしてその時に来たのかは、全く読めない」という結論に至った。

何も手がかりがないとオレが思い始めた時、ジョーさんが「このお客さんはなんで

『ザンギリ』に来てくれたんや？」と尋ねた。

「親父のお客さんなんで」

「このお客さんは？」

「親父のお客さんです」

「親父さんのお客さんばっかりか……」

ジョーさんは、じっと考えて言った。

「今、お客さんは月に何人やった？」

「五百人ぐらいですかね」

「正確なお店の一ヶ月間のキャパシティ、計算したか？」

「はい。月に千七百五十人です」

「その計算は？」

「二十五営業日で、七席、一席一時間、営業時間は十時間です」

「すると稼働率は、５００÷１７５０で約30％やな」

「はい」

気がついたら、こういう計算ができるようになっているオレがいた。

「で、五百人のお客さんのうち、一見さんは何人や？」

「二十～三十人です」

「そうか」ジョーさんはしばらく黙り込んだ後、「新規のお客さんを追いかけるのはやめよか」と呟いた。

「君、まだ、チラシ撒いているやろ？」

ジョーさんはオレの行動を見抜いていた。

「はい」

「それをやめるんや」

「ええ!?　でも……」

オレとしては新規客を集める必要があったし、必死だった。何より、チラシを撒くぐらいしか思いつかなかった。

「あのな、戦争にはな、古代戦と近代戦の二種類あるんや」

「古代戦と近代戦ですか？」

と、ジョーさんは、いきなり戦争の話を始めた。

「そうや。古代戦は、兵隊同士のど突き合い、殺し合い、の白兵戦の世界。で、近代戦は、ロケットでもなんでも使ってな、石投げの世界や」

「石投げの世界すか？」

「そう。でも、敵に石が当たるかどうかわからんやろ？」

「そうですね」

「そういうのを〈確率戦〉ていうんや。でな、確率戦は物量戦なんや。例えばな、二千万円使って新宿駅西口でチラシを撒きまくったら、お客さんがドーンと増えるやろ」

「それはそうですね」

「でも、二千万円も使ったら、もとを取るのに滅茶苦茶大勢の人の髪を切らなあかん。でも、そんだけのお客さんの髪を切る席も、理容師の数もおらんやろ」

「む、無理です」

ジョーさんは、オレのちょっとビビった反応を見て笑った。

「でも、お客さんに来てもらうためには、『あの理容室、いつも西口でチラシ撒いているな』と思われるぐらいの量のチラシを撒かないと意味ないのわかるか？」

「わかります」

「でな、広告の世界には〈スリーヒットセオリー〉というのがあるんや」

「なんすか、それ。三曲ヒットすれば家が建つと、とか？」

「なんや、それ、関西人を笑わそうて、ええ度胸やないか」とジョーさんは冷たくオレの冗談を切り捨てて、続けた。

「**消費者は広告に三回触れると商品に興味を持ってくれる**、という一般的な観察結果や。でも、現実的にはそんなん無理やろ。新宿て、世界で一番乗降客が多い駅や言われてる。JRと地下鉄と私鉄が乗り入れて一日三百六十万人。これ、ほぼ横浜市の人口やで。そんな大勢の人の中から『ザンギリ』の高級な理容に興味がありそうな人を選んで、どうやって三回もチラシを渡すんや？」

「絶対、無理っす」

「だから、物量戦＝チラシ作戦からは完全撤退する。そんなん大企業の戦略や。だから、新規客を追いかけるのは、スッパリ諦めるんや」

ジョーさんは「誰にとっても物量戦を避けるのがいいわけではなく、資源が豊富な企業であれば物量戦が効果的な場合もある。**大切なことは、自分の力が発揮できる有利な局面を注意深く選んで戦うことだ**」とも言っていた。

「新規客を追いかけるのは、スッパリ諦めるんや」と言われてオレはビビった。

――そんなんで、やっていけるのか？

「あのな、新規客の確保そのものを諦めるわけやないで。『追いかけない』だけや」

「どういうことですか？」

「幸いなことに『ザンギリ』は立地がええ。せやから月五百人のお客さんのうち、二十〜三十人は一見さんや。これ、割合で言えば４〜６％になるわけで、結構比率が高いんや」

「言われてみればそうですね」

ジョーさんは得意そうだった。

「しかも、この二十〜三十人は、四千五百円の調髪料金を払えるお客さんやろ」

「はい」

「今までのお客さんは、徹底的に満足してもらって逃さない。死守する。そして、二十〜三十人の一見さんの中から、一人でも二人でも再訪してくれるリピーターになってもらうんや。そしたら、ジワジワ、ジワジワ、お客さんが増える。それしかない。だから、それをやってみよう。これを『ジワジワ作戦』と名付けよう」

——なるほど、理屈はわかった。しかし、それを具体的にどうするのか？　それにそんなこと、みんなわかっていることではないか。

「なあ、君。そんなんわかってる、みんな気づいている、それをどうするのかが問題なんやいう顔してるな」

「わかりました？」

「うん、わかる。なあ、腹減ったな。ハンバーガーでも食べよか」

西新宿の繁華街にあるマクドナルドに入ると、ジョーさんはさっさと席を見つけて座った。

「ところで、全理協の大会でチャンピオン取るのは難しいか？」

唐突だったので驚いた。オレがＨＣＡの日本チャンピオンになったことがあるというのは話したが、もっと大きな大会である全国理容協会の大会のことは、話した覚えがなかった。きっと調べたのだろう。

全理協の大会とは、ＨＣＡよりも大きな日本の理容業の組合「全国理容協会」が主催する理容師のコンペで、教育的側面よりも純粋に技術を競うもので、ベテランも参加する大きな大会だ。

「そこで優勝すると、店としての箔がつかんかな？」

「結構、難しいかもしれませんが、やってみないとわかりません」

オレは正直に答えた。

「一度、自分の理容技術を徹底的に見つめる。そういう訓練としてやってみたら勉強になるから、やってみたらええと思う」

そこでオレは、時間を見つけて大会の準備をすることにした。

「ビッグマックのバリューセットでええわ。できたらフライドポテトはラージ、そしてコーラ」

いい時間だな、ジョーさんは凄いなと思っていたら、その油断を狙いすましたように再び頭から真っ逆さまに投げられた。

言われたとおりにバリューセットを買って席に戻ると、ジョーさんは嬉しそうに「やっぱり君のお金で食べるビッグマックは最高や。このフライドポテトの塩の加減も最高なんや」と美味しそうに食べ始めた。

そして、食べ終えたジョーさんはズズーッとコーラを飲み干し、蓋を開けて、カップの氷をガリガリと食べた。

氷を半分も食べた頃、ジョーさんはオレに言った。

「『**凡眼には見えず、心眼を開け、好機は常に眼前にあり**』藤田田《フジタデン》」

何のことかわからずぼんやりしていると、「日本の多くの起業家が尊敬する藤田田の言葉や」と言った。

「フジタ・デンですか？」

「そうや、日本の大企業を出し抜いてアメリカのマクドナルドの創業者を口説いて日本マクドナルドを創業した人物や」

「そうなんすか！」

「なあ、君は今、何を見てきた？　今、バリューセットを買ってくる途中に、『ザンギリ』を繁盛させる知恵があったんやで。気づいたか？」

ジョーさんの顔は笑ってなかった。優しいが厳しい、何とも言えぬ表情でオレの目の中を覗きこんでいた。

オレが答えに困っていると、「しゃあないな」と言いながら教えてくれた。

「わからんか？　カウンターの店員がニコニコして君の注文を受けたやろ？　彼女のニコニコは料金に入ってないやろ？　入ってないけど付加価値になってるやろ？　つまり、

スマイル０円や。そこに『ザンギリ』成功の鍵はある。スマイル０円作戦や！『ザンギリ』は今まで、それなりのスマイルでやってこられた。せやから、それなりの結果やった。でも、これからもっと店を伸ばすためには、スマイル０円を徹底的にやる。それしかないんや」

そう言い終わった後、ジョーさんはニヤリと笑った。さっき、中華街の映画の企画を話した時のどこか得意げな笑い方だ。

「あのな、凄いこと思いついた。これは多分、革命的なアイデアや」

イヤな予感がした。

「な、なんですか？」

「みんなスマイル０円の店員に商品渡されたら『おおきに』言うやろ」

「『おおきに』って言いませんよ」

「お前、喧嘩《けんか》売ってるんか？」

ジョーさんは不機嫌そうに言った。

「なんかお礼言うやろ」

「言いますね」

「その時に、名前つけるんや」

「どう言うことですか？」

「スマイル0円の店員の名札見て『おおきに、山本《やまもと》さん』って言うんや」

「それ、絶対、変な人ですよ」

ジョーさんはますます不機嫌な表情になった。

「そうかな、疎外された人間労働から彼女たちを救い出し、記号化された『スマイル0円』の店員から山本さんに引き戻す、素晴らしい試みやと思うんやけど、あかんかな」

「どうすかね……」

「あかんかな」

そう言った途端にジョーさんは立ち上がり、カウンターの列に並んだ。

そして、コーラを受け取った。

声は聞こえなかったが、店員は一瞬キョトンとした表情になったが大きな笑顔になった。

得意満面の表情でジョーさんは戻ってきた。

「な、やっぱり、良かったやろ」

「そうですね」

「せやろ、次、お前や」

「え、オレっすか？」

「君、何言うてるんや、このムーブメントを起こし、世界を変えるんやないか、君は栄誉ある第二号やないか」

ジョーさんはオレの目の中を覗き込むようにして言った。

オレはその目の力に抗しきれずにカウンターに向かった。

オレのコーラを出してくれたバイトの定員の名前は胸の名札によると渡辺《わたなべ》さんだった。

「ありがとう、渡辺さん」

その店員は露骨にイヤな顔をした。

ジョーさんのいるテーブルに戻ると、ジョーさんは「キャハハハ」と嬉しそうに笑った。そして、「人間力、人間力、人間力の差やで」と続けた。

ジョーさんに出会って、二年になるが、この人には勝てないなと思った。


その日、ジョーさんはスマイル0円の応用編とも言うべき具体策も教えてくれた。それは眼鏡店によく置いてある超音波メガネ洗浄機を仕入れ、メガネをかけているお客さんが来たら、髪をカットしている間にメガネをピカピカにして、調髪が終わったお客さんに渡すこと。

初期費用に三万円かかるが、あとは電気代と水道代ぐらいしかかからない。このように、**初期費用を投資したあとは実質費用がかからないものを無料で提供すること**を、〈フリーの経済学〉というそうだ。

インターネットの動画配信サービスも、最初は無料の「お試し」から始める。つまり、先に顧客との関係構築を行い、そこから課金を開始してビジネス・エンジンに転じる。こういうのもフリーの経済学を活用した事例だそうだ。また、スマホアプリの無料サービスもその一例だと教えてくれた。

「あのな。『ザンギリ』はな、お客さんの満足向上、顧客満足、向上のために、このフリーの経済学を徹底的に使うんや。新規顧客を追いかけず、常連さんへのサービスの徹底こそ『ザンギリ』のジワジワ作戦なんや」

コストをかけずに、お客さんが喜んでくれる、お客さんのためになるサービスを積極的にやることが大切なのだとオレは理解した。

超音波メガネ洗浄機は、思いのほか評判が良い。

「へえ、こんなことまでしてくれるんだ」

「世界が明るくなった」

「よくこんなことまで気がついたね」

と喜んでくれるお客さんが多い。

後日、ジョーさんに「どうして思いついたのか？」と尋ねたら、「あったら嬉しいな、とオレが思うことを提案しただけや。自分の視点、お客さんの気持ちや」と笑い、こんな話を教えてくれた。

「ホンダの創業者・本田宗一郎《ほんだそういちろう》の部下だった人から聞いた話なんやけどな、新入社員のエンジニアは全員、最初にモーターショーに行かされたらしい。それで、みんなが最新の車を見て回ったあと、本田宗一郎に呼び出され、『どうだった？』と聞かれる。そこで、『メルセデスはセダンの新型出してきましたね』みたいなことを言うと、本田宗一郎に『お前なんかクビだ！』と怒鳴られたらしい」

「へー」

「なんでか、わかるか？」

「いや……」

「彼らの答えには、自分の視点もお客さんの視点も入ってないということなんや。若い人やったら、『メルセデスの新型のセダンはカッコいいですね。あれで声をかけたら女の子は喜んで乗ってくれるんじゃないでしょうか』とか言え、いう話や」

「はい」

「それが自分の視点、本音やろ。で、仮に自分が想定しているユーザーでなくても、ユーザーの身になって、想像したり調べたり観察したりせなあかん言うことやな」

「想像したり、調べる？」

「例えば、『隣に住む金持ちの医者の夫婦に、最近、赤ちゃんが生まれたんですけど、安全性と見栄から、今度のメルセデスの新型のセダンに乗りそうですね』と想像してみるんや」

「なるほど」

「そうやって、ほんまにお客さんになりきるのが大切なんや。最後は実際に売ってみるしかない。何気なくお客さんに聞いてみてもいい、お客さんのほんまの気持ちは、お客さんにしかわからんからな。そう言うたら、本田宗一郎は恩義を大切にするところもあったらしい」

「そうなんですね」

「まだ会社が大きくない頃のある大雨の日、仕事のあとツナギを着てタクシーを拾おうとしたら乗車拒否を連発された。それで、最後に乗せてくれたタクシー会社をホンダは会社として使い続けているという噂を聞いたことがある」

「そんなことがあったんですね」

「本田宗一郎の人となりを感じさせるエピソードやな」

ジョーさんは一呼吸置いて続けた。

「本田宗一郎も『後学』の人なんや」

「こうがくですか？」

「そう、人生の後半で学ぶことを『後学』というんや。本田宗一郎はエンジンにとって大切なピストンリングの研究のために静岡大学の工学部で三年間聴講生として学んだんや」

「そうだったんですね」

「日本は本田宗一郎のような人物像、生き方を必要としていると思う」

「本田宗一郎の映画、作らないんですか？」

「あのな、本田宗一郎は世界のホンダの精神的支柱やから、巨匠、黒澤明《くろさわあきら》が撮るといっても簡単やないと思う」

ジョーさんは珍しく一瞬悲しそうな表情を見せた。

そこからオレの闘いの日々は始まった。

ＨＤＤレコーダーに放送大学の授業を録画しておいて朝起きたらすぐ朝ごはんの前に授業を見るようにした。心理学の授業は面白かった。

特に「両側性転移」と言われる心理学の実験は鏡に映る星形の図形を手元ではなく鏡を見ながらなぞるというものだが、最初に利き手でやると反対の手にもその練習が「転移」しているという現象だった。毎日鏡の前で働く理容師のオレにはこの鏡を使った実験が身近なものに感じられたが、それだけではなく、お客さんとのコミュニケーションにも役立った。

閉店後はスタッフのカット練習に付き合った。スタッフはHCAのコンペで勝てば業界で一目置かれることを心得ていて真面目に取り組んだ。オレ自身も全理協の最近の優勝者のカットの分析などのコンペ対策に取り組み、親父の代から続くHCAの先輩や後輩との飲み会への参加も続けた。

さらに、中野にある母校の理容専門学校の講師を打診され、忙しくなりすぎないかと心配になってジョーさんに意見を求めると、「教えることは学ぶこと。やったほうがええんちゃうか」とのことで引き受けることにした。

毎日、目が回るほど忙しくしているものの、お客さんの数は一向に増えずにいたが、ザンギリの経営についてはジョーさんに太鼓判を押してもらっていた。

ミッション：来てくれたお客さんに元気になって仕事に戻ってもらうこと。
戦略：既存のお客さんを絶対に逃さず、一見さんにリピーターになってもらうこと。
戦術：お金をかけずに、お客さんが喜んでくれることは何でもする。

「この三つを大切にするかぎり、何をやってもかまわない。大いにやったらええんや」

スマイル0円作戦で店内の空気がなごみ、超音波メガネ洗浄機の導入も喜んでもらえたので、もっと喜んでもらえるようなことをしたいと思ったが、オレにはアイデアが出ないのでジョーさんに相談した。

「他にないんすか？　こういうの」オレはすがりついた。

「他にか……」ジョーさんは目をつぶってしばらく考えたあと、言った。

「『ザンギリ』のビジネス名言や」

「ビジネス名言すか？」

「そうや。アメリカにいた時、しょっちゅう中華料理店に行ってたんやけどな、どの店でも食後にクッキーを出してくれた。フォーチュン・クッキー言うんやけど、クッキーの中に金言や運勢やラッキーナンバーを書いた小さな紙が入ってるんや」

「へー」

「今日は何が出てくるかな？　と小さな楽しみを期待しつつ中華料理店に行きたくなるんや。それと同じノリで、有名経営者の名言や金言を書いたカードを作って、お客さんに渡したら喜んでくれると思う。言葉の力は大きいで」

「どんな言葉を書けば、お客さんは喜んでくれますかね？」

「じつは長年、映画の脚本でキレのある台詞を書くために名言を研究してる」

「そんなことしてるんすか？」

「そうや。本やネットで集めた名言をヒントにオリジナルの台詞を作ったり、英語にしたりしている。勉強にもなるし、励みにもなる。特製名言集のファイルを送っておくから、その中からお客さんが共感しそうな言葉を選んで作ったらええ。これも、実質フリーの経済学を駆使したジワジワ作戦なんや」

「いいアイデアすね」

「そうやろ、ほんまはネットに落ちている名言は出典が不明だったり翻訳が正確でなかったりする場合もあるけれどな、逆にそういうものが出回るような一個人の社会的存在感というのはとんでもないなと思う。そういう仕事したいもんやな」

その言葉を聞いて、ジョーさんの一つの現象をいつも別の視点から眺めて考え自分に引きつける態度に感心させられた。

早速、ジョーさんが送ってくれたネットの名言集を使って、表にビジネス名言、裏に営業日カレンダーを記した名刺大のカードを作って、支払いの際に渡すようにした。

「挑戦するものにのみ未来は拓かれる」

孫正義（ソフトバンク創業者）

「多分、失敗するだろうと思ったけど、重要なことだからやることにした」

イーロン・マスク（ペイパル創業者、起業家）

「人生には時としてレンガで頭をぶん殴られるようなひどいことも起こるものなのです。だけど、信念を放り投げちゃいけない」　スティーブ・ジョブズ（アップル創業者）

「やる気が出ていいねえ」

「じつはスティーブ・ジョブズのファンなんだ」

「なんか応援してもらってる気がする。ありがとう」

と好評で、中には力ードをコレクションする人も現れた。

だが、一ヶ月、二ヶ月、三ヶ月……毎日、オレはスマイル0円作戦、ジワジワ作戦を続けたが、みんな喜んでくれるものの、お客さんが増える気配はなかった。

ジワジワ作戦を始めて四ヶ月目、ジョーさんに夏に初めて出会ってから三回目の正月になったが成果らしい成果はまだ出ていなかった。

オレは不安になりジョーさんを日曜日に呼び出して、髪を切りながら相談した。だが、髪を切っている間、ジョーさんは黙ってじっと考えていた。

「あのな。マグカップを目の高さに持ち上げるやろ。で、そこに上から牛乳を入れるんや」

「はい」

「で、いつマグカップが一杯になったってわかる?」

オレは一瞬考えた。

「マグカップから牛乳が溢れ出すまで入れ続けるしかない。それまでは、牛乳がどのぐらい入ってるかわからん。そういうことが世の中にはあるんや。とくに、誰もやったことがないことをやる時はそうや」

「そうなんですか」

「そうや。成果が出るまでひたすら耐えるしかないことがある」

——なかなか厳しいなあ。

「今、成果が見えないのは仕方ない。スリーヒットセオリー、教えたやろ」

「はい」

「人間が、何かに触れ、それを理解し、意識し、行動するためには回数が必要やろ」

「たしかに」

「髪を切るの、普通は一ヶ月に一回ぐらいか?」

「人それぞれですが、大体そんな感じだと思います」

「そしたら、三ヶ月で三回、六ヶ月で六回。そうやってジワジワとお客さんに『ザンギリ』のサービスを覚えてもらうしかないんや」

「はい」

「顧客満足度を上げて、リピート率の向上、さらに口コミにつなげなあかんやろ。時間はかかるけど、正攻法で攻めて、お客さんに喜んでもらうためのものにする。全ては顧客満足や」

「でも、不安なんです」と正直な気持ちをオレは打ち明けた。

「そうか、不安か……あのな、『愛と青春の旅だち』って映画、見たことあるか？」

「なんすか？　それ」

「リチャード・ギアが軍隊に入って鬼軍曹に鍛えられる映画や」

「見たことあるような気がしますが……」と答えたが、正直、オレは知らなかった。

「あかんんか。『フルメタル・ジャケット』言うたらもっと知らんな」

「そうですね」

笑ってごまかすしかなかった。

「そうか……あのな。戦争映画で、若い兵隊が鬼軍曹にしごかれる時、面白い節まわしの唄を軍曹と掛け合いながら行進しよるやろ？」

「あ、わかります」

「ああいうのを〈ミリタリーケイデンス〉て言うんや」

「ミリタリーケイデンスですか？」

「そうや、サッカー部とか野球部も独自の節回しで掛け声を上げながら体操したり、走ったりするやろ。あれ、なんでやるかわかるか？」

「チームだからじゃないですか？」

「一体感を作るいうことやな。それと、辛《つら》い仕事や退屈な仕事を精神的に乗り越えやすい。そういう役に立つからや」

「じゃ、うちも『ザンギリ』の唄を作ってみんなで歌うんですか？」

「やりたかったらやってもいいけど、お客さんビビって来なくなるやろ」

「そうですよね」

「ミリタリーケイデンスの本質は、『みんなでやってる感』やないかと思うんや」

「『みんなでやってる感』すか？」

「そうや、『みんなでやってる感』があれば頑張れる。みんなで頑張ったら成果が出る。成果が出たらもっと頑張れる。でもな、『みんなでやってる感』がなければ最初の成果にたどり着けないやろ」

「わかる気がします。でも、どうすれば……」

「そうやな」ジョーさんは笑って続けた。

「難しく考えたらあかんのや。少々空回りでも、お金さえかからなければなんでも構わない。朝礼でも、ラジオ体操でもええんやけどな。『ザンギリ』のお客さんの大半はビジネスマンやろ。会社組織って、多かれ少なかれ、そういう『みんなでやってる感』を作る仕掛けを持っているはずだから、お客さんに『どんな時に感じますか?』『何かいい仕掛けはありませんか?』って聞いてみたらええんや」

オレはあとで常連さんたちに、会社でどんなことをやっているかを尋ねてみた。

不動産会社の経営者は「私のところはスタッフ全員で朝、掃除をするようにしているよ、心が澄んで運気が良くなる気がする」と教えてくれた。

また、薬局を何店舗も経営している社長は「店長を集めてリゾート地で二泊三日ぐらいの研修をすると研修の内容よりも会社としての連帯感が生まれてくると思う」と本音を語ってくれた。それらを参考に、オレは週一回、スタッフ全員で開店前に店の周りのゴミ拾いをすることにした。やってみると本当に心が澄んだ気がした。

「なんかスッキリしますね」と雅志も言ってくれた。

知見に社員旅行の話をすると「予算は大丈夫?」と心配したが「常連さんに旅行代理店の人がいるから相談して割安な企画を探すから」と説き伏せて年一回の社員旅行も始めた。一回目は箱根、二回目はグアム、三回目は沖縄で、「ザンギリ」恒例のビッグイベントになった。グアムでは太朗さんが金槌《かなづち》だとバレたこともあった。

そういう思い出とともに社員旅行のアルバムは理容室、いや、オレの財産になっていくだろうと感じた。

常連客のビジネスマンにアイデアをもらうことを教えてもらったその日は調髪後、ジョーさんの希望で、「はなまるうどん」に行った。

二人でプレートを手にして列に並び、オレは「かま玉」〈中〉を注文した。四百円だった。

「おねえちゃん、カレーうどんの〈大〉」

まだ何も成果が出ていないのに、六百三十円のカレーうどん〈大〉を当然の権利のように注文するジョーさんは凄いなと思った。たかだか六百三十円のことだが、人間というのは置かれた状況、境遇によってはケチな感覚を持つものだ。

席に着くと、「カレーうどん大好きなんや。映画監督でなければカレーうどん評論家になってたかもしれん」と例によって大きな声で言った。ものを食べると俄然《がぜん》、元気になるのがジョーさんの特徴であった。

「そうや。それより、ここの天ぷらうまいな。とくに、とり天が大好きなんや。もらってきてくれるか?」

「はい」

立ち上がったオレを、ジョーさんが呼び止めた。

「なあ、二切れでええわ」

とり天を二切れ買ってきて渡したら、ジョーさんはオレのさつまいも天を見つめながら「君も買ったんか？」とボソリと言った。

「なんとなくうまそうなんで」

「なんとなくな……そうなんやな……それなんやな！」

「どういうことですか？」

「とり天が一つ百四十円、二つで二百八十円、さつまいも天百十円。合計三百九十円。カレーうどん〈大〉が六百三十円、かま玉うどん〈中〉が四百円で、合計千三十円。そこに追加で三百九十円や。三割七分強、売上が伸びている。これ恐ろしいことや」

「本当ですね！」

「なあ、『ザンギリ』でも、とり天やるか？」

「とり天、仕入れるんですか？」

「ちがう、ちがう、トッピングメニューを入れてみるんや」

「なるほど。少しはやっていますが……」

「それを本格的にやるんや」

「はい」

「ただ、**お客さんに押しつけたら絶対あかんぞ**」

ジョーさんによると、「はなまるうどん」のようなセルフスタイルの讃岐うどんのトッピングメニューのいいところは、決して押しつけないところだ。

「わかるか？　ただ、そこにいて存在だけをアピールする。そういう『ザンギリ』流のやり方を編み出す必要がある。でないと、今のお客さんの気分を損ねて、来てくれなくなる。それだけは、絶対に避けるんやで。命取りになる」

「わかりました」

「今、『ザンギリ』に来てくれてるお客さんは、髪の毛を切ることを『十分間の身だしなみ』以上のものだと思っている。それに四千五百円。十分間千円の理容室の四・五倍の『価値』を見出してくれている。トッピングメニューは君の専門、君のアンコや。『来てくれたお客さんに元気になって仕事に戻ってもらうこと』を次々と思うようにやったらいい。少々の失敗は気にする必要はない。大切なのは『みんなでやってる感』を出すこと。前向きに、明るくや！」

「ザンギリ」に戻ったオレは、どういうトッピングメニューができるかを考えた。スカルプ、フェイシャル、普通のマッサージ、耳そうじ。雅志は理容学校時代にタイでマッサージの研修を受けたので、タイ古式マッサージもできそうだ……。

紙に書き出しながらメニューを考えていると、親父が気づいて「何やってるんだい？」と声をかけてきた。

「トッピングメニューを考えているんだけど、どうすれば、押しつけにならないようにお客さんに検討してもらえるかな？」と尋ねてみた。この道、四十数年の親父なら何か知恵があるかもしれないと思ったからだ。

「〈ネヨカの法則〉ってのがあるよ」

と親父は即座に言った。

「お客さん、肩こってますネ」

「うち最近、タイ古式マッサージ始めたんですヨ」

「一回、やってみませんカ」

と三段階でお客さんに勧めてみる、というやり方だった。

なるほど、昔ながらのやり方にも、考え抜かれたノウハウがあるものだと思った。オレは十種類のトッピングメニューを考えた。ただ、タイ古式マッサージは雅志しかできないことに気づき、本格的にやるに当たって柔道整復師に教えてもらい、マッサージは「柔道整復師直伝マッサージ！」にして全員でやることにした。そういう臨機応変さも大切だとジョーさんは褒めてくれた。

・極上シャンプー：シリコンブラシで汚れをかき分け、蒸しタオルで首を温めます

・フェイシャル：リフトアップ効果、たるみ防止！　顔の至福時間♪

・リンパ：顔の筋肉をほぐしてむくみ解消！　素敵な笑顔に‼
・ピーリング：顔の角質がポロポロ取れてツルツルお肌に！
・みんみん：ネット社会で疲れた目をぱっちりスッキリキラキラお目々！
・耳掃除：耳の特殊掃除　耳洗浄知ってますか？
・つるっ鼻：触ってビックリ！　小鼻の脂が面白いほど取れる
・ブラシ：毛穴に詰まった汚れ解消！　老廃物さようなら〜
・ＥＧＦパック：顔のハリが甦《よみがえ》るリラックス効果
・極楽マッサージ：柔道整復師直伝マッサージ！

「忙しいから」「また今度」と一度目は断ったお客さんも、三度目、四度目の来店になる頃には、20％ぐらいがトッピングメニューをオーダーしてくれるようになった。

スタッフも面白いネーミングやコンセプトを喜んでくれて、「みんなでやってる感」も高まり、店内に活気があふれ出した。七ヶ月ぐらいで、リピーターの減少率が改善された。

「いろいろメニューあるんだって？」「パックもやってもらえる？」と、常連さんの紹介による新規来店、一見さんの定着率もジワジワと改善され始めた。

実績の変化（月）
・来客数　４００人→５００人
・稼働率　22・９％→28・６％
・売上　２００万円→２５８万円

新宿の街路樹に止まったミンミンゼミがうるさく鳴く夏になった。「石の上にも三年」というがジョーさんに出会ってちょうど三年だ。

オレは常連の田島《たじま》さんの髪を切っていた。

お昼過ぎで、オレと雅志を残して、他の連中はランチに出かけていた。

田島さんは、オレがジョーさんのアドバイスをもらってやってきたことは、よく知っていた。

「君のこの一年くらいの活動を見てるけどね、かなり腕がいいよ、そのアドバイスをくれている人」と田島さんは言った。

「そうですか？」

「うん、非常に鮮やかだ」

「そうすか」

オレは自分のことを褒められているような気がした。

最近、ジョーさんに「順調そうやな。でも、まだ何とかやってるだけや。ずっと店にこもらず、新しいアイデアを求めて街に出なあかんで。他人のアイデアに頼ってばかりいたらあかんのや。**『犬も歩けば棒に当たる』作戦や。アイデアは店の外にあるんや**」と言われたのを思い出し、散歩に出かけた。

ジョーさんは、広告代理店に勤めていた頃、上司から「広告マンは、お得意さんには製品知識では絶対勝てない。勝てるとしたら生活者視点だけだ。だからオフィスになんかいるな。街に出ろ。街を感じるんだ」と口を酸っぱくして言われたそうだ。

西新宿というのは新宿駅西口から渋谷《しぶや》区、中野区の区境あたりまでのことを言う。一丁目から八丁目まであり、新宿新都心と呼ばれる高層ビル群もあり、日本最大級のオフィスビル群を形成している。

その中でも「ザンギリ」は、飲食、電化製品の大規模商店で賑《にぎ》わう西新宿一丁目の端っこにあるのだが、都庁やホテルやオフィスビルがある西新宿二丁目にほど近いため、ビジネスマンのお客さんが多いのだ。

高速バスターミナルの前にヨドバシカメラを見つけた。「棒に当たる」としたら、ここくらいしかないのかなと思ったが、本当にそれ以外なかったので、オレはそのまま店内に入った。最上階から地下へとプラプラと歩きながら、ジョーさんの「お客さんの満足を向上させるためなら何をやってもいい、あとは好きにやれ」というアドバイスを思い出した。

パソコン関連機器売場に行くと、以前から欲しかったお客さんの情報を整理する顧客管理ソフトを売っているのを見つけた。

「二万円！　安い！」

あまりの安さにオレは思わず、そんな言葉が口からこぼれたが気づいた店員さんがこちらを見たので恥ずかしくなった。

顧客管理ソフトは何百万円もするものだとばかり思い込んでいた、大企業だけのものだと思い込んでいた。ジョーさんの言うとおり、街に出れば新しい気づきがあるものだ、店の中で頑張るだけが仕事じゃないんだと思った。そして、オレはとにかく買った。

その週末、ジョーさんがやって来た。

「へー、顧客管理ソフト買ったんか」

「はい」

「で、使い方わかってるか？」

「まだ、これからです。トリセツを見ながら徐々に……」

「アホ、トリセツに書いてあることなんかどうでもええんや。基本的な使い方がわかった後のことや。あのな。大切なんは、『オリジナルな使い方』を自分で作ること。自分なりに『どう攻めるか』を考えることや」

「オリジナルな使い方、どう攻めるか、ですか?」

「そうなんや、例えばソフトウエアの設計の根本を考えておくのも『攻める』姿勢と言える。例えば、全てのソフトウエアは入力、演算、出力で構成されている、いや、そうとしか作れない。その根本的視点があるだけでソフトウエアへの向き合い方も変わる」

「そうですね」

「いつも問題から一歩下がって、どういうやり方をしたらいいかを考えるんや」

「なるほど……でもどう考えるんですか?」

「あのな、ソフトバンクの創業者、孫正義《そんまさよし》はアメリカ留学時代、毎日一個、ビジネスのアイデアを山ほど出して、その中から、一番よさそうなものを選んでやりよったんや」

「山ほど出すって大変じゃないすか?」

「そやから、アイデアを出す方法を考えたんや。『どうやったらたくさんのアイデアが出るか』と。全てはやり方に収斂《しゅうれん》し、それは道具として表現されるんや」

「『全てはやり方に収斂し、それは道具として表現される』、凄い言葉ですね。誰の言葉ですか?」

「自分で考えたんや」

ジョーさんは誇らしげだった。

「アイデアを出す方法なんてあるんですか？」

オレはそれを知りたかった。

「ある。あるからやりよったんや、教えて欲しいか？」

「はい」

「あのな、学生時代に英単語覚えるのに使った単語カードってあるやろ。端っこに穴が開いていてリングで留めてあるやつや。あれを幾つか買ってきて、大切やと思うキーワードを、一枚一ワードずつ書くんや。例えば、『顧客管理ソフト』でも『年齢』でも『誕生日』でも構わない。新聞記事の見出しからでも、雑誌の特集タイトルからでも構わない。そうやって書いた単語カードをいっぺんにブワッと投げるんや」

「どのくらいブワッとですか？」

「アホ、ブワッとはたとえ」

「すいません」

「それでな、単語カードがバサバサッと開いて床に落ちるやろ。で、そこに出てきた二つのキーワードを無理やりくっつけて、それをベースにアイデアを捻《ひね》り出すんや」

「へー」

「例えば、『AI』と『年齢』と書いたカードが出たとする。『年齢』には赤ん坊も高齢者もあるやろ」

「ああ、そうですね」

「で、『高齢者と赤ん坊てみんなオシメをする』というインスピレーションが湧いたら、今度は『AI』のイメージとくっつけて、『お漏らし対応アプリ』って作れんかな、とか『お漏らし防止アプリ』はどうかなとアイデアが出たら、さっとそれを書き出すんや。こういうふうにしたら、百個ぐらいのアイデアはわけないやろ」

「本当にそうですね」

「〈創造技法〉と言われる類のアプローチやけど、やってみたらええ。大事なことは、**目標の数を決めてたくさんアイデアを出すこと、出たアイデアを絶対に否定しないこと。たくさん出すことが目的やから、品質は求めんこと。**やってみ、ソフトウエアでもなんでも買うんはええけどな、オリジナルな使い方で使いこなすんが大切や、オリジナルな使い方を見つけた時に初めて使いこなしていると言える。実は密かにアイデア創出のソフト開発を将来にするつもりなんや」

　ジョーさんの守備範囲、発想は大きいなと思った。どうしてそんな風なのか尋ねてみたかったがジョーさんは話を続けた。

「ところで、顧客管理ソフトは関係データベースと言われる情報の管理ソフトやけどわかってるか？」

「関係データベースすか？」

「あのな、髪の毛が金髪の人とか、左分けの人とか、男前とか不細工とか属性の項目を作ってデータを入力しておくと自由自在に、その属性の人を呼び出してリストにできるんや」

「へー」

「その上、『不細工』で『貧乏そう』な人、みたいに複数の属性でも呼び出せる」

「うちのお客さんで、『不細工』で『貧乏そう』な人なんていませんよ……少なくともお金を払ってくれるお客さんでは……」とオレが目を細めてジョーさんを見つめて言うと、「な、なんや、お前、喧嘩売ってるんか……まあ、ええわ、その属性の項目をどうするかも含めて考えてみ」と言って立ち去った。

　オレはさっそく単語カードを買いこんで、一週間ほどかけてキーワードを書き出してやってみた。そして、出てきたアイデアが、次のような顧客サービスだ。
・誕生月に来店したお客さんにプレゼント
・「甲子園」「サッカー」などの優勝チーム予想大会

・「ザンギリ」オリジナル年末ジャンボ宝くじ

誕生月には、お客さんの名前入りのラベルを貼ったペットボトル飲料（水、お茶、ジュース）をプレゼントした。

予想大会や宝くじでは、ワイン、シャンプー、マッサージ券、スタッフとの記念撮影などのプレゼントを実施した。

スタッフも、時にはお客さん以上に楽しんでくれた。

オレは「ザンギリ」立て直しの基礎を築けたという充実感を感じている。

ここまででも、絶不況の理容業界では稀《まれ》な成功例と言えるだろう。しかし、ここで休まず、オレはさらに突き進みたかった。

実績の変化（月）

・来客数　５００人→５５０人
・稼働率　28・６％→31・４％
・売上　２５８万円→２８９万円

第4章のキーワード

【確率戦】

「ランチェスター戦略」の一つで、一対一の戦いは避け、兵力数で増す強者が弱者を数で押さえ込むこと。営業でいうなら、人口が多いエリアを重点的に攻め、人員を大勢投入し、売り場面積や店舗数も含めて量で勝負する戦略。


【スリーヒットセオリー】

「広告の露出は三回目でターゲットに有効な効果を示す」とする理論。一回目の接触で「これは何だろう？」と注意を引き、二回目で「何について言っているんだろう？」と興味を持ち、三回目で「ああ、知ってる」と行動に結びつく。


【フリーの経済学】

「情報はフリー（無料、自由）になりたがる性質を持っており、かつ限界コスト（ある商品をもう一単位生産するために追加でかかるコスト）が限りなくゼロに近い」ことを利用して商品を市場に無料で提供するという新しいビジネスモデル。


【ミリタリーケイデンス】

一人のリーダー（教練軍曹が行うことが多い）の呼びかけにその他の隊員が応える形で一定のリズムを唱和する労働歌の一種。これによって部隊の士気が上がり、隊員同士のチームワークと助け合いの精神、規律が高まることを目的とする。

【ネヨカの法則】

「○○ですネ」とお客さんの潜在的ニーズを指摘し、「××がありますヨ」とサービスを紹介し、「やってみませんカ」と相手の反応を探りながらサービスを勧める理容業界の現場で実践されている営業手法。


【創造技法】

創造的問題解決の技法のことで、ブレインストーミングのような「自由発想法」や、少数の情報を提示して関係付けを求める「強制連想法」など、四百種類ほどあると言われる。

第5章

親父になる

正真正銘、ジョーさんと出会って「桃栗三年」の三年目、オレは放送大学を卒業した。専攻は「心理と教育」だった。卒業学位を取得するにあたっての規定単位に、理容学校での単位をカウントしてもらえたのは助かった。おかげで二年で卒業できた。本田宗一郎の話も励みになった。

ジョーさんを浦田屋珈琲店に呼び出して報告すると、嬉しそうに「おめでとう」と言った後、「どうやった？」と尋ねてきた。

「何かが自分に詰まっていったような気がします」

「そうやな、ええ経験したな。その『詰まっていった』のが自分を作る作業や。でな、人間てどっかに穴が開いていて、詰めたもんがだんだん抜けていくんや。せやから、詰め続けなあかんのや」

「そうなんすか？」

「そうやな。その詰める作業をわかりやすいカタチにしておくんが、自分を作るコツや」

「わかりやすくですか？」

「一つは、他人に説明しやすい学位や資格にしておくと、あとで何かと便利。それと

〈ディシプリン〉が身につくんや」

「ディシプリン？」

「適切な日本語がないかもしれんな……正確な英語やと、〈アカデミック・ディシプリン〉かもしれん」

「アカデミック・ディシプリンですか？」

「そう。自分が学んだ学問の専門分野に根ざした考え方が身につくんや。例えば、ある成功した起業家がいるとする。その人の印象を、法律を学んだ人は『あの人は法律的にはグレイなところでビジネスする傾向にあるなあ』と思い、経済学を学んだ人は『リスクを取らずに儲けるのが上手だな』と感心し、教育学を学んだ人は『あの人の受けた教育、生育環境はどんなものだったんだろう』と考えるようなもんや」

「なるほど」

「これ、恐ろしくてな。結構、年配になっても、いや、歳を取れば取るほど、人となりにまで滲《にじ》み出てくるもんなんや」

「本当すか？」

「いろんな人を見てきたけど、例外はなかった。でも、そこまでちゃんと身につけるためには、量がいる。クリティカルマスがいるんや。前にも教えたやろ？　日本語では臨界質量。あるところまでいったら、ドッと爆発する。そんな感じ」

「あ、はい」

「食い散らかしの勉強も人によってはええんやけどな、普通の人は、**ある目的とある範囲を専門的に、ある一定量やったほうがいいと思う**。理想を言えば、人文科学、社会科学、自然科学を横断的に学んで基礎教養を身につけたあとで、大学院の修士課程ぐらいの勉強ができたら、偏りのない総合的な知識の上に専門性が身につくと思う」

「大学院ですか」

「そうや、学部の教育は基本的に『こういう学問があります』というイントロダクトリー（入門）なんや。世間話には十分なんやけどな、学んだ知識を自分に引きつけて実際に『使える』ようになるには大学院に進学したほうが絶対にええ」

「なるほど」

「結局、中途半端な〝なんちゃっての知識〟やと、社会ではあんまり意味がないんやな。その程度のことでは、お金も取れんやろ。オレも大学院で先生から『ある程度の量をやらないとディシプリンは身につかない』と言われたんや」

「じゃあ、ジョーさんのディシプリンは何ですか？」

「経済学と経営学をゴシゴシとやったから、身についているかどうかは別に、強く影響を受けてるやろな」

「そうなんですか」

「そうや。映画を作っても経済学的視点、経営学的に人間や社会を見ると思う」

「なるほど」

「でも、まずは、おめでとう。勝負はここからや」

知見が身ごもったのは今年のまだ寒さの残る春だった。知見のお腹《なか》はどんどん大きくなった。いよいよ冬になり予定日が近くなると、生命の誕生とオレが人の親になるのだという不思議な感覚だ。

知見は千葉《ちば》の実家にいて産気づくとオレが病院に向かうという手筈《てはず》になっていた。ちょうど店を閉めようとすると電話がかかってきた。

義理の母さんだ。

「そろそろだから」という短い言葉も聞き終わらぬうちにオレは店をスタッフに任せて飛び出した。

新宿で中央線に飛び乗り、東京駅で京葉線に乗り換えて向かうのだが「こんなに電車は遅かったのか」と思うほど遅い。

イライラとする。落ち着かない。同時に、自分の子供が生まれる、そして、オレがその親になるのだという高揚感と責任感が一気にオレを包んでいる。

駅から小走りに知見のいる山田産婦人科を目指したら、ガチャガチャと腰のあたりで音がした。ハサミのベルトをつけたままだった。

病院に飛び込むと、「オギャー」という声が聴こえた。

「え、嘘」と思わず呟いた。

テレビドラマのようにお産の妻を病院のベンチに座って心配するのだと思っていた。

「嘘じゃないわよ」とそれを聞いて知見の母さんは笑った。

オレは長男の名前を決めていた。『古事記』『日本書紀』に出てくる日本の古代伝説の英雄日本武尊《やまとたけるのみこと》にあやかり、丈尊《たける》とした。「武」を「丈」にしたのは、何よりも丈夫で元気な子であって欲しいと思ったからだ。

そして、その丈尊が生まれたのだ。

オレはついに親父になったのだ。

丈尊の「オギャー、オギャー」という元気な泣き声は止まらなかった。

分娩室《ぶんべん》から出て来たお医者さんは笑顔で「奥さん、頑張りましたよ」と言ってくれた。

看護師さんが知見のところに案内してくれた。

知見の側《そば》に丈尊はいた。

小さく真っ赤な顔の丈尊だった。

本当に小さな手の指が母の乳房を求めるように器用に動いた。

オレはとうとう人の親になったのだと思った。

知見と丈尊は二、三日千葉のおじいちゃんとおばあちゃんのところで過ごした後、すぐに中野坂上の家に戻って来た。

オレの人生は知見と一緒になって直線が平面になり丈尊が生まれ、立体になった。

母子共に健康で幸せなのだが、生まれたばかりの赤ん坊がいるのはやはり大変だ。放送大学の勉強が終わって少し楽になったが、業界の寄り合い、先輩・後輩の付き合い、スタッフのカット練習、コンペ出場の準備、中野の理容学校の講師と、あいかわらずてんてこ舞いの毎日だ。

忙しくしてはいるけれど、もともと儲かる商売ではないので、「働けど暮らし楽にならず」という感じだった。

教え子の中に、理容には珍しく彩《あや》ちゃんという女子学生がいた。卵形の丸い顔、切れ長の目の、少し内向的で無口だったが、頑張り屋であった。知見は子育てで忙しいし、女性は店にはお袋だけだし、もう一人ぐらい女性がいたらと思っていたら、彩ちゃんが「ザンギリ」で見習いをさせてもらえないかと言ってきた。

彩ちゃんは長野《ながの》県の出身で、お母さんが美容師をしていた。でも、他の人がやっている店で働く美容師だったので、すぐに実家に戻る必要もなかった。しかし、美容ではなく理容を選んだのは、何より彩ちゃんのお母さんが「ハサミの技術は理容のほうがしっかりしているわよ」と勧めたからという話を聞いて、理容一筋のオレとしては嬉しかった。

見習いで入るにあたり、面接は必要かと親父に聞いたら、「自分の学生なんだろ。よくわかってるだろうから、いいよ。それより、高校での部活は何？」と言うので、親父の前で電話した。

「彩ちゃん、高校の部活は何？」

「ワープロ部ですが……」と心配そうに答えた。

オレは、世の中にワープロ部というのがあるのを初めて知った。一瞬、驚いたが、そのまま伝えると、「ワープロ部か……」と親父は一瞬考えた後、「だったら、いいんじゃない」と答えた。

どうして親父が「だったら、いいんじゃない」と言ったのか、何が「だったら」なのか、オレにはわからないが、ジョーさんが住まいを決めた「銭湯の話」、ワケのわからない直感を大切にするという言葉を思い出し、親父の直感を侮ってはいけないと思ったのだ。

理容の世界はやはり何と言っても「人材、人材、人材」だ。理容師のなり手も少なく、人材難の産業だ。だから、迷わず、彩ちゃんを採った。ジョーさんに教えてもらった「ジワジワ作戦」でこのまま頑張れば、何とかなるという自信もあったからだ。

翌週、オレは師匠の大下さんに呼び出された。

古巣の四谷三丁目の「オオシタ」に行くと、福島《ふくしま》県、南相馬《みなみそうま》市出身の五十嵐《いがらし》（イガちゃん）という青年を紹介された。太朗さんと同じ百八十センチぐらいの身長で意志の強そうな少しエラの張った顔で、実家では両親が理容室を営んでいて、見習いが終われば福島に戻りたいとのことだった。彩ちゃんもそうだが、将来実家の店に戻るという見習いは理容師の現実や技術の大切さを理解していて根気よく真面目に頑張る子が多かったので引き受けることにした。

これで、また一人、スタッフが増えた。

「ザンギリ」の世帯は大きくなったが、一番弟子の雅志が最近、覇気がない。ため息ばかりついている。

「どうした雅志？」と声をかけても「普通っすよ」と返すのみだ。

ある日、遅刻してやって来た。酒臭かった。

オレは近所のオフィスビルのエクセルシオールカフェに雅志を連れて行った。その店はオレが考え事をするときに使う、とっておきの場所だった。

「どうした雅志？」と声をかけると、「ノリさん、フラれたんすよ」と泣きそうな声で吐き出すように言った。

修業時代にせわになった「オオシタ」には見習いの若者が沢山いた。その若者どうしの恋愛も理容の世界の外の人との恋愛も日常茶飯事だった。

太朗さんはオレが「ザンギリ」に修業から戻ったときには結婚していた。奥さんが怖いらしく、夜遊びもせず真面目に頑張るスタッフだった。

だから、自分の店のスタッフの恋愛の相談に乗るのは初めてのことだったが、それは不思議な気持ちにさせられる出来事だった。オレもこの店のマスターになりつつあるということなのかなと思った。

「ハハハ」

オレは笑った。笑ってやるのが一番良い、それしかないと思った。

目に涙をためた雅志はキョトンとした表情でオレを見た。

「まあ、よくある話だよ。また、次を探せばいい。だろ？」

「はい」

雅志はコクリと頷いた。


新宿の街の寒さも緩み行き交う人のファッションも少し明るくなる春になった。

「また、スタッフ入ったんか⁉　オレに会って四年、試行錯誤を続けて、やっと作戦が回り出したところやろ。ええ加減にせいよ。今まで、どれだけ知恵出して支えてきたと思うてるんや。適切な成長スピードっていうもんがあるんやぞ。これ以上成長スピードを上げるアイデアが、そんなに次々と都合よく出るわけないやろ」

ジョーさんは大声だった。

が、タイミングよく、店員が静岡県産マスクメロンパフェを持ってきた。目の前に置かれたパフェに、ジョーさんは生ツバをごくりと呑《の》んだ。

「これ、結構するやろ」

「アイデアに、安いアイデアなんかないんです」

「君、うまいこと言うな。まず、食べてからやな」

ジョーさんにしては珍しく、一言も言葉を発することなく、じっと静岡県産マスクメロンパフェを見つめた後、愛《いと》おしそうに一口ずつ、一口ずつ、最後には丁寧に長いスプーンでガラスの器についたホイップクリームもキレイにすくって食べ終えた。

物事は手順が全てと教えてくれたのはジョーさんだったが、この日ほど手順が効果を発揮した日はなかった。タカノフルーツパーラー新宿本店に呼び出したオレの圧勝だった。

食べ終わったジョーさんは一瞬、集中ゾーンに入ったような表情を見せた。

——ひょっとしたら、何かいいアイデアを出してくれるのではないか。

しばしの沈黙の後、ジョーさんは言った。

「で、コーヒーいつ来るの？」

ジョーさんには、オレは勝てない。一生勝てる気がしなかった。

コーヒーが来ると、ジョーさんはコーヒーをすすりながら言った。

「随分、スタッフが揃ってきたな」

「はい」

「給与体系とか十分に考えているか?」

「まあ、業界並みにとは思っていますけど」

「理容師には見習いで来ていて独立もしくは家に戻る予定のタイプとずっと『ザンギリ』にいてもらうタイプの二種類があると思うんや」

「太朗さんと他の理容師ということですね」

「そう、太朗さんは独立する気はないんか?」

「太朗さん、経営するとか大変そうでやりたくないそうです。奥さんもいて、子供もいるし……なんというか、マイペースなんですよ」

「なるほど。まあ、起業家ではなく、サラリーマンで安定生活を望むというパターンやな」

「そうですね」

「太朗さんのような人は組織的には大切だから長期的には待遇も良くして定着してくれるような給与体系にするといい。彼に若い人を育てるような役割を担ってもらい、組織を大きくすることを目指せ」

「はい」

「どの組織もそうやけど、大きな野心はないけども、コツコツと毎日を生きるのが向いている人が実は大半でその人たちのお陰で成り立っているんや」

どの理容室も理容師の定着に困っているので、ジョーさんのアドバイスは的を射ていると思った。

「だから、コツコツと頑張ってくれる人を大切にした方がいい。ところで、全理協の大会の準備、どうなった？」

「まだやってます」

その大会は会員数四万五千人という日本の理容の最大組織の全理協が運営する大会で、世界大会もあり日本のナショナルチームも結成され世界一に挑戦するというプロ中のプロが競う大会だった。ＨＣＡは教育を目的にする団体で会員数も約千八百人、日本全国にあるわけではなく格としては断然全理協が上だった。

「優勝する可能性あるんか？」

「いや……」

「どこまで行けそうや？　もうちょい頑張れば、いけそうか？」

「正直、よくわからないんすよ」

「何がわからんのや？」

「審査の基準とオレの得意な技術がズレているような気がするんです」

全理協の大会の評価ポイントは非常に特殊で、カットのデザイン性や技術が優先される。しかし、オレが得意とするのは一般のお客さんを相手にした技術であり、その技術を若い人に指導し、定着させることであって、競技のための技術ではない。

ジョーさんは「理容の技術も奥が深いんやな」と感心したように言った。さらに、「君は、そこまで突き詰めたから、そういう言い方ができる。そうでなければそんなことは言えない。とことん突き詰めても『不可能だ』と思える限界があるというのは相当奥が深い。そういう対象に出合える人生は最高やで」

とジョーさんに言われ、オレは褒められたような気がして嬉しかった。

「でもな、それ切り捨てよか」

「え、切り捨てるんですか？」

「一番になれそうかどうかで判断するんや」

「一番すか？」

「『ひょっとしたら一番になれるかも』と思ったら可能性がある。『アカンかもな』と思うんやったらたいていあかん。向いてないと思うのやったら、全理協のコンペは切り捨てたらええんや」

「なるほど」

「優れた個性とはそんなもんや。世の中、ロクにやってみもしないで、才能がないとかあるとか、戯言言うヤツが多い。そういうヤツには『ボケ。さっさとやれ』って言う。でも、君はギリギリまで追い込んだ。その上で『どうしようもない限界』があるって言うてるんやろ？」

「はい、そのつもりです」

「それやったら、見切ったほうがいい、**自分の個性を活かして勝てる分野を探したほうが絶対にいい**」

「そうですか？」

「うん、そう思う。何かをやって人が喜んでくれたことを考えるんや。そこに手がかりがある。**自分のウリや強みは、自分では見つけにくいもんなんや**。いままでお客さんが喜んでくれた経験をノートに書き出してみてみ。そしたらなんか見えてくる。その間に、こっちも作戦考えとく」

ジョーさんに言われたとおり、お客さんが喜んでくれた経験を書き出してみると、次のようなものが出てきた。

・「髪が短くなって気分もスッキリしたよ。ありがとう」

・「世界が明るくなって、仕事に戻って頑張れる気がする。ありがとう」

・「疲れが取れた気がする。ありがとう」

全理協の競技で求められるようなデザイン性や技術を「ザンギリ」のお客さんはオレに求めていないことがわかった。追いかけてきた全理協の大会は本質的にはオレにとって意味がないことかもしれないと思った。一旦、全理協の大会は脇に置いて進もうと思った。敗北を一旦認めよう、オレに向いていないことを認めよう、気が向けばまた挑戦すればいいのだと思った。

暑い夏には新宿西口の繁華街にあるスタバでフラペチーノを食べ涼みながら考えるのが一番だ。オレはクーラーの効いた店内でこれからの宣伝・プロモーションを考えていた。ジョーさんに出会ってアドバイスをもらい始めて四年経った。一度は諦めた宣伝・プロモーションだが、もう一度、オレらしいやり方で挑戦してみたかった。

オレは「ザンギリ」が入るビルの入口に、スタッフの似顔絵を描いたポスターを貼ることにした。「スタッフ全員を主人公にするのが、人材活用のポイントやで」とジョーさんに言われたのを実行したのだ。

オレは図画工作だけは得意だと思っていたので頑張って描いた。若いスタッフに見せてみたがじっと見ているだけで何も言わない。

トイレから戻った太朗さんがポスターを見つめた。

「誰が描いたんスか？　このポスター」

「オ、オレだけど」

「ノリさん、絵が上手っスね」

それを聞いた若いスタッフがみんな腹を抱えて笑い出した。

「下手？　そんなに下手かな？」

オレは威厳を保とうと頑張った。すると、ワープロ部出身の彩ちゃんが、「私、描いてみましょうか？」とマジックペンを手にとって、キュ、キュ、キュとスタッフの似顔絵を描くと、スタッフ全員が声を揃えて「オー」と唸《うな》った。

彩ちゃんは、じつはアニメが好きで、絵を描くのが得意だったのだ。

それを見た親父が「やっぱりワープロ部ってのがよかったな。これが卓球部だったら、こうはいかないよ」と言うと、みんなが笑った。

こうして、彩ちゃんの「ザンギリ」のイラスト担当就任が決まった。そして、彩ちゃんが描いてくれたスタッフの似顔絵を使ったポスターを、サインポールに取り付けた。絵柄もアットホームなものからクールなものまで定期的に変えた。

「ポスターを見て」来店してくれる一見さんは、微増ではあるが確実に増えた。もともと、ビジネス街に近いこともあり、一見さんもそれなりにはいたのだが、ポスターの効果はあったと思う。考えてみれば、今までサインポールだけを見て入って来ていたのだから、告知要素にポスターを加えて効果が上がるのは合理的に思えた。

ジョーさんのアドバイスに試行錯誤しているうちに、「目標→その実現手段→さらに細分化した複数の実現手段」といったように、物事を樹状図のように階層構造的に考える習慣が、自然に身についている自分に気づいた。

このような整理の仕方、考え方はロジカルシンキングの〈ロジックツリー〉という方法だ、とジョーさんが教えてくれた。〈ロジックツリー〉とは「どうして？」という因果関係の項目を階層の奥行きにして、また、「それで全て？」という網羅関係を階層の幅にして整理する方法のことだ。この網羅関係は、「漏れなく、ダブりなく」整理することで、専門用語では〈MECE（ミーシー）〉というそうだが、より完成度の高いロジックツリーが作れるのだそうだ。

完全なMECEを作りたければ、「高い↔安い」「長い↔短い」のような対立する概念をもとに二つに分けたり、「インプット→プロセス→アウトプット」や「春、夏、秋、冬」など最初からMECEになっているものをベースにすればいいのだが、大切なことは、不完全でもとにかく自分で作ってみて、それを磨くことを心がけることだそうだ。

オレが、さっそく自分なりに「ザンギリ」のロジックツリーを描いてみると、ジョーさんは、「MECEにはなってないけど、目的は明確で、何をしようとしているのか？

オレが作ったロジックツリー

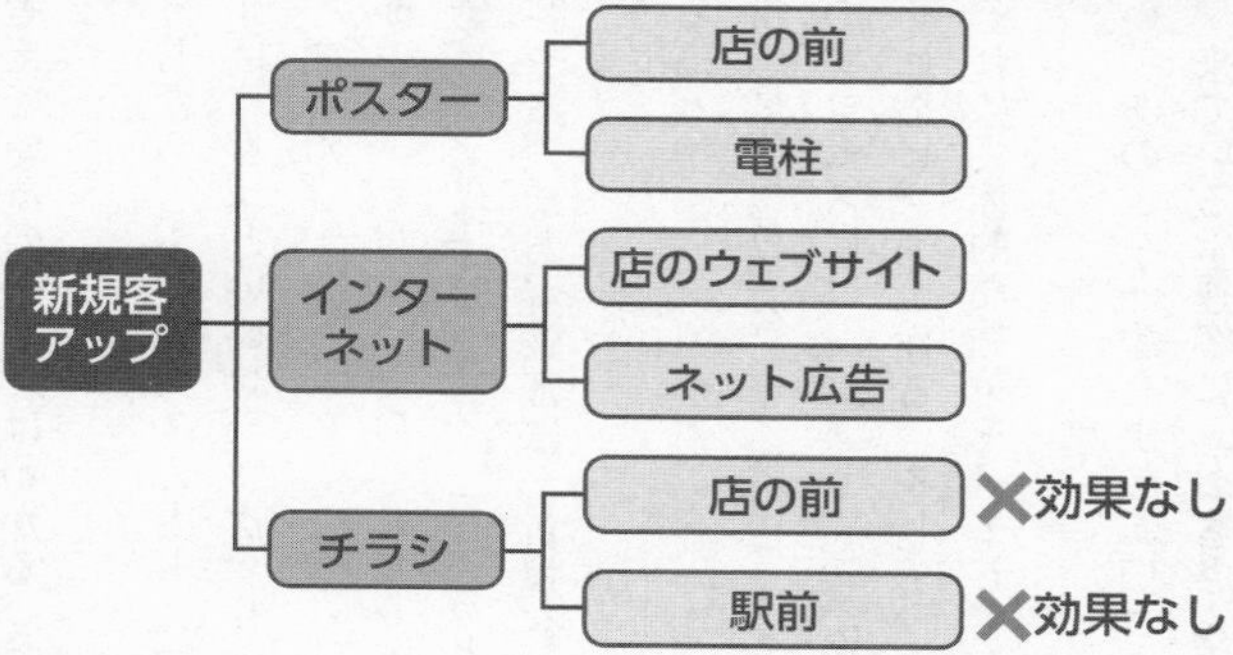

目的も手段も明確だが……目標が「新規客」の獲得だけになっている。

ジョーさんが作ったロジックツリー

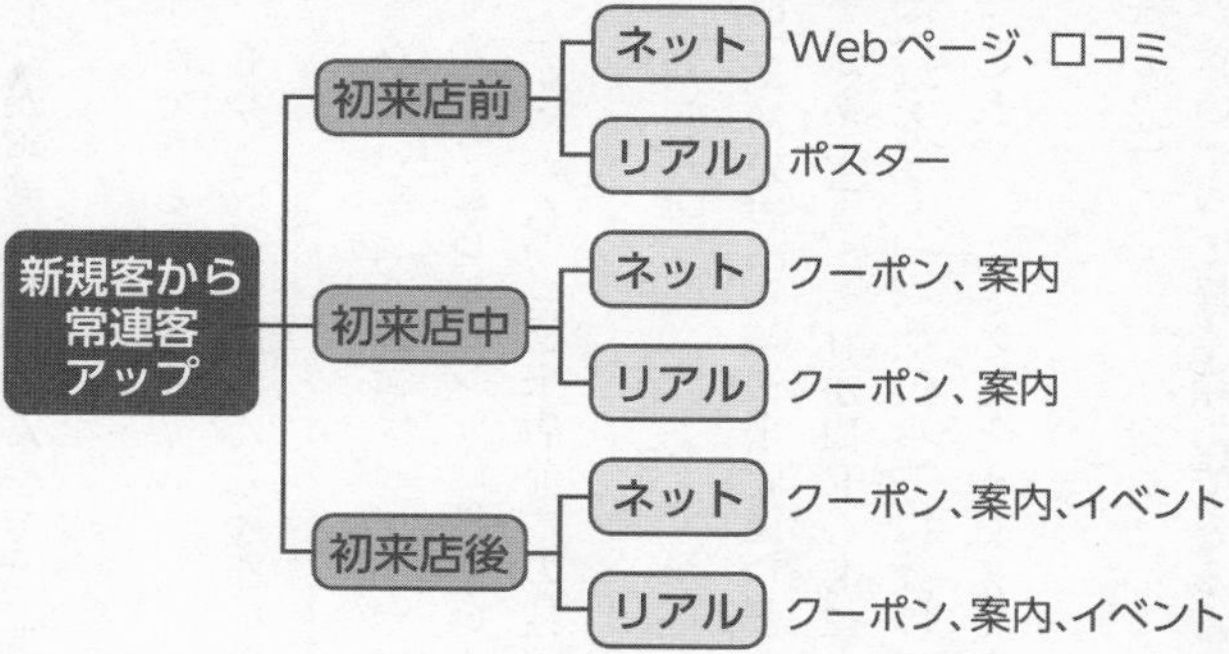

目標を「新規客から常連客アップ」にすることで、より具体的な施策が見えてくる。

何を考えているのか？　はわかる。これを作り直しながら考え続けるんやで」と言ってくれた。

「どうしたら、もっとちゃんとしたロジックツリーができるんですか？」

オレは、もっといいロジックツリーができたら、もっと成果が出るんじゃないかと思って、聞いた。

「そうやな。オレやったら、ロジックツリーの大きな問いを『新規客アップ』ではなく、『新規客から常連客アップ』で作ると思う。なんでか言うたら、ホンマに欲しいんは、常連客やろ。まあ、厳密に『新規客アップ』にしたかったら、『初来店前』の枝だけでいい」

「なるほど」

「『新規客から常連客アップ』にすると『初来店前』『初来店中』『初来店後』となる。物事のプロセスには『始まり』『真ん中』『終わり』があって、それがMECEになるから、それをヒントに作る。そして、それらをさらに『ネット』『リアル』に分けて考え、それぞれに具体的な施策をメモしておくかな。……これで、できることが見えてきたやろ？」

「はい。あの……一番右上の『口コミ』って何ですか？」

「今、来ている常連客に『お客さんを紹介してください』って軽く頼んでみるんや」

「なるほど！　それはいいですね」

画商を経営している常連のお客さんに早速、頼んでみることにした。頼むにもタイミングがあるのでオレは注意深く進めた。

最初丁寧に髪を洗いながら、「どこか痒《かゆ》いところないですか？」といつものように尋ねた。

そして、「ブラシ使いますか？」と言葉を足した。

その画商経営者の髪は脂ぎっているので頭に痒いところがあるはずだと睨んだからだ。そして、「どこか痒いところないですか？」にどこそこが痒いと思っていても言えるお客さんは滅多にいない。

そこをオレは踏み込んだのだ。

画商経営者は「お、やってみてくれるか？」と遠慮がちに反応したがブラシで頭を軽くゴシゴシすると「いやー、気持ちいいね」と今にも昇天しそうな声で言った。

そのあと、タオルで髪を拭きながら、「うちのサービスどうですか？」と尋ねると、「気が利いている」と言ってくれた。

髪を切り始めて落ち着き始めた頃を見計らい「大切な人がいたら是非うちの店ご紹介ください。サービス頑張りますから」と低く柔らかい声を精一杯出して依頼した。

その時、画商経営者は頷くだけで何も言わなかったが、一、二ヶ月して一人、二人と

「画商経営者に勧められた」という新規のお客さんが来てくれるようになった。

オレはこの戦法を継続的に用いた。

多くの常連さんが積極的に新規客を紹介してくれるようになった。ロジックツリーを理解しようとして、瓢簞《ひょうたん》から出てきた駒のようなアイデアだったが、アプローチも功を奏したのか、効果はたしかにあった。

何でも積極的に、そして粘ってみるのが大切だとオレは痛感した。

ジョーさんが「おい、髪が伸びた。切ってくれ」と連絡してきた。

いつものように、日曜日の午前十一時に店で待っていると、ジョーさんがニコニコして「あのな、あのな……」と宝物を見つけた子どものような声を出しながら両手には焼き芋を持って駆け込んできた。

「どうしたんですか？　それ」

「スーパーで焼き芋売ってたんや、まあ、秋になったしな、とりあえず買って来たんや」

オレはジョーさんが差し出す焼き芋を受け取った。

「まあ、一口食べてみ」

そうジョーさんが言うので一口食べてみた。

「な、秋の味がするやろ」

たしかにそれは秋の味だった。

「本当ですね」

「せやろ、この芋食べたらアイデアが湧いてきたんや、ほんまやで」

「どんなアイデアですか？」

ジョーさんは得意満面の表情になった。

「ええか、どうしたら『ザンギリ』を世間に覚えてもらえるか、思いついたんや」

「え、いい方法があるんすか？」

「ある。でもな、三年かかると思う。何しろ予算なしやからな。それでも構わへんか？」

「三年なら何とかなります」

「そうやな。ペースとしては悪くないよな」

「はい」

「あのな、一遍しか言わへんからよう聞いとけよ」

「はい」

「**情報は掛け算で作られるんや**」

「情報は掛け算で作る？」

「そうや。これは秘伝やで。テレビ番組でも一緒や。べっぴんの女優さんが麻布十番行って蕎麦《そば》食べたら番組になる。で、同じ女優さんが長崎《ながさき》に出かけてちゃんぽん食べたら、それでまた番組にできるんや」

「はは、そうですね」

「わかるか？　**情報というのは「個性もしくは専門性」と「何か」の掛け算で作られるんや**」

「じゃあ、オレも調髪の技術について、何かと掛け合わせればいいんスね」

ジョーさんはムッとして、

「まあ、そうなんやが、黙って最後まで聞かんかい！」と怒鳴った。

「すいません」

「あのな、アイデアについては掛け算で作ることができるのはわかったやろ？」

「はい」

「でも毎日、掛け算する相手を探すんが、大変で面倒くさいやろ？」

「そうですね」

「情報をラクに作るためにはな、掛け算する相手を、パタパタ動くものにすることや」

「パタパタ動くものですか？」

「例えば雑誌の一番大きい見出しと理容師の視点を掛け合わせるとか、ネットニュースの見出しと理容師の視点を掛け合わせても構わない」

「見出しすか？　うーん」

「ちょっと新聞持ってきてみ」

「はい」

「一ページ目から見て、君が理容師として何か語れることを片っ端から言うてみ？」

「金融緩和？」

「金融緩和に髪の毛……ないな。次」

「ベトナムの経済成長？」

「ベトナムの経済成長に髪の毛……ない。次のページは？」

「解散総選挙？」

「あ、それや！」

「え、なんすか？」

「わからんか？　あのな、テレビやネットで、その日、話題になった政治家の髪型についてブログに書くんや。政治家って、毎日のように誰かがスキャンダルで失脚し、当選し、落選する。掛け算の相手がパタパタ動くやろ？　そういう政治家の髪型を片っ端から評論するんや」

「政治家を理容師の見地で評論すか？」

「そうや」

――なるほど、それは面白いかもしれない！

社会で話題になる政治家はドンドン変わる。その政治家の髪型について、ブログで理容師の専門的視点から評論していくのは簡単だ。毎日でもできそうだ。それに政治家なら、うちのお客さんのビジネスマンとも関係がありそうだ。

ジョーさんは、フェイスブックで見かける「診断アプリ」も同じ構造だと教えてくれた。診断アプリはフェイスブックの個人情報を読み込んで、職業、恋愛、性格などを診断し、結果を発信するアプリだが、これもよく考えてみれば、アプリというアルゴリズムと個人情報の掛け算で生み出される仕組みだ。個人は無数にいるのだから半ば自動的に情報を作っているのだ。

「それとな、〈キャズム〉というマーケティング理論がある」

「名前は知っています。でも、本で読んだんですが、ちっともわかりませんでした」

「そうか。キャズムというのは英語で『溝』という意味なんやけどな、ハイテク製品とともに現れたまだ評価も定まっていない実績もないベンチャー企業はしばしば、導入期はうまいこと行っても途中で『溝』にはまり込むように失敗して消えていく、というハイテクマーケティング理論や」

「へー、どうして消えていくんですか？」

情報は「個性・専門性」×「何か」で作ることができる

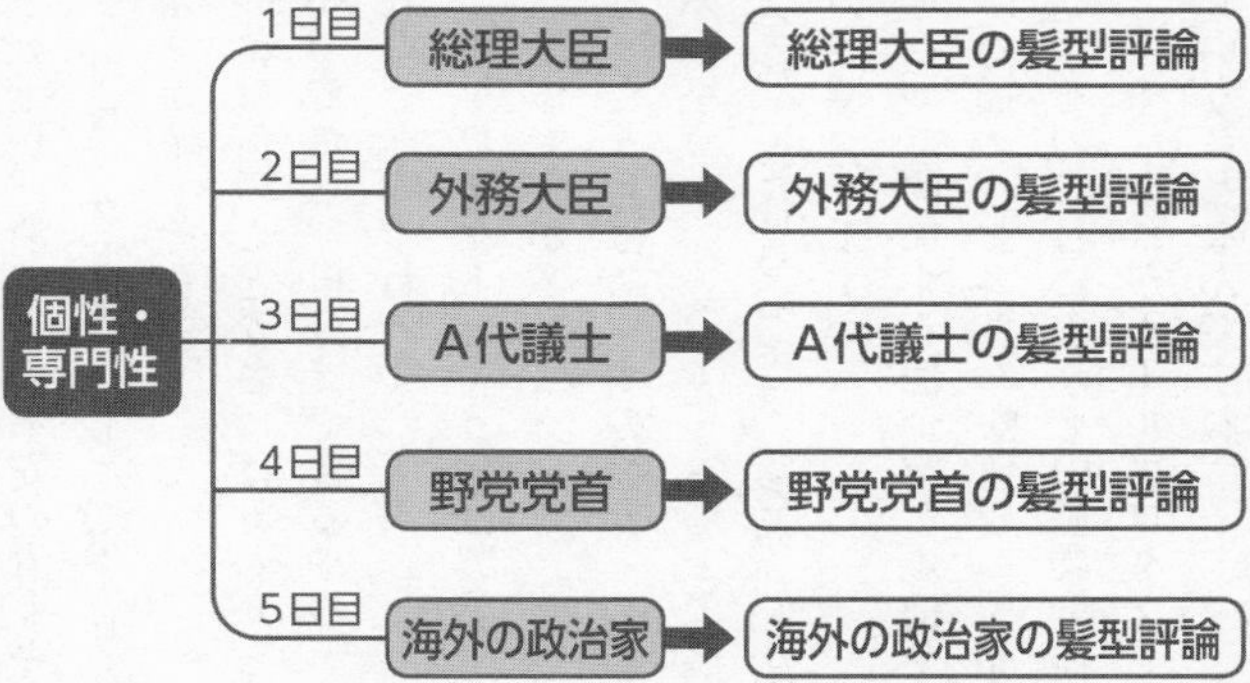

掛け算する対象を〝パタパタ動くもの〞にすれば、いろいろな情報をラクに作ることができる。

「新しもん好きの人は、新製品を手に入れることで他人と差をつけようとするから、たとえ無名のメーカーの製品でも積極的に買ってくれる。でも、普通の人は、『ホンマにこれ大丈夫なんかな？』『来年になったらこの会社消えてないかな？』と不安に思うやろ」

「そうすか……」

「例えば十万円もするような最新のスマホを買う時、ようわからんメーカーのスマホはイヤやろ？　一年ぐらいで使えなくなるかもしれないという不安、ないか？」

「あ、感じます」

「そういうことなんや。だから、普通の人は定評のあるものを買う」

「そうですね」

「メーカーが、消費者の不安の溝＝キャズムを乗り越えるためには二つの方法がある。〈ホールプロダクト戦略〉と〈ボーリングレーン戦略〉や」

「なんすか？　それ？」

オレには何のことかさっぱりわからなかった。

「わかってたら、自分でできるやろ」

「それもそうですね」

「ホールプロダクトというのは製品全体という意味なんや」

「製品全体ですか？」

「そう、たとえばスマホの場合、『アプリが豊富じゃなきゃイヤ』『安くて長持ちする外付けバッテリーがないとダメ』といった場合、消費者は外付けバッテリーを購入して『製品全体』を作る、アプリとか別売の外付けバッテリー持ってるやろ」

「はい、持ってます」

「そうやって関係する他企業と規格や資本や販売で提携して、補完製品や補完サービスを数多く揃え、お客さんが望む『製品全体』をお客さん自身が問題なく作れるようにする戦略。そのことによりその産業全体がそちらに向かっているのだという信頼感を醸成できるんや、それがホールプロダクト戦略」

「そういうことなんですね」

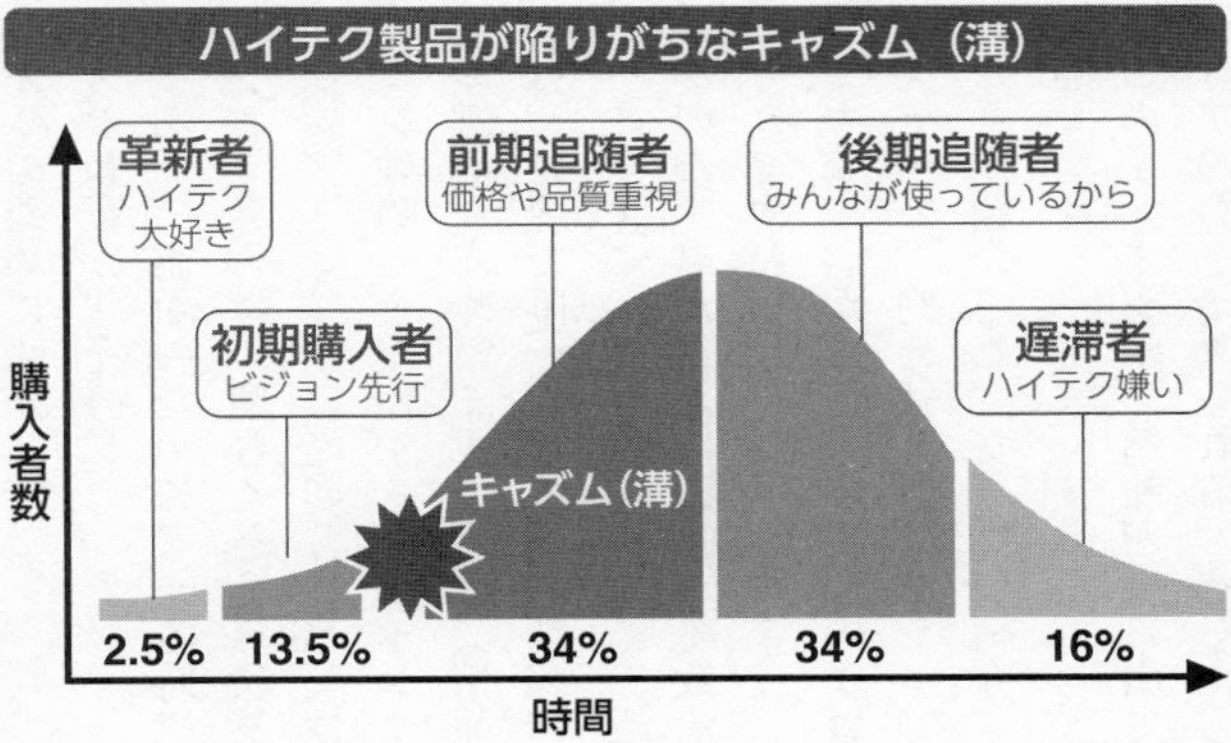

ライフスタイルを大きく変えるような革新的な商品やサービス（とくにハイテク製品）を世に出す時は、「流行を早く取り入れる層」と「遅れて取り入れる層」との間に生まれる溝を埋めなくてはならない。

「ボーリングレーン戦略というのはな、ボーリングで十本並んだピンの先頭にボールが当たったら全部キレイに倒れる。それと同じで、まずピンポイントで成功させて、そこから次々と成功させ、口コミの評判を作り、不安を払拭するやり方や」

「口コミの評判なんですね」

「そうなんや、マーク・ザッカーバーグが、自分が在学していたハーバード大学でまず成功させて評判を作り、次々と他の大学にも攻めて、一般にも広げたフェイスブックは、その成功例や」

ジョーさんは大きく息を吐いたあと話を続けた。

「そして、君のために〈情報のキャズム理論〉というのを作ったんや」

「オレのためにすか?」

オレは涙が出そうになった。

「まあな。誰かのために考える時に、新しいアイデアは生まれるもんやからな」

ジョーさんは、照れくさそうに笑って続けた。

「〈情報のキャズム理論〉はな、〈情報のホールプロダクト戦略〉と〈情報のボーリングレーン戦略〉を駆使すると、インターネットの情報発信が上手くいくという〈PR〉の戦略理論なんや。まず、君は〈情報のホールプロダクト戦略〉をやらなあかんのや。これは、世界で唯一かつ最新の情報理論なんや」

「へー、すごいですね……でも、どういうことなんですか?」

「あのな。君がなんぼ頑張って政治家の髪を論評しても、誰も相手にしない」

「そうですね」

「でもな、君が政治家の髪型のブログをずっと書き続けるやろ。そしたら、ある日、マスメディア、例えばテレビがやって来る。番組には、司会者やゲストがいる。そこで君のことが紹介され、ブログが紹介される。こんなイメージわかるか?」

「はい」

「このイメージが、情報が世に出ていく時のホールプロダクトや。そうなったらマスメディアの力を借りられる。そしたら、多くの人に君の情報が届けられるんや」

「なるほど」

「そして、一つのマスメディアが君を取り上げたら、他のマスメディアが君のことを取り上げるハードルがグンと下がるんや」

「どうしてですか？」

「最初のマスメディアが君を世の中に紹介して、いい人物かどうか確認するはずやから、追随しやすいんや。これが〈情報のボーリングレーン戦略〉や」

「凄いですね」

「しかし、そんな簡単ではない。そのためには、マスメディアが君にアプローチしてくるまで、毎日、毎日、やるんや。そうすれば、いざという時には、他の追随を許さない専門家となっている。てっとり早く自力でネットで名前売ろうと思うんは、アホやで、そんなもんは続かへん」

「はい」

「どういう感じで書くか試しに内閣官房長官の菅義偉《すがよしひで》、フランスの大統領のエマニュエル・マクロンでネットで写真調べて内容を言うてみ」

「今ですか？」

「そうや、今や」

ジョーさんは行動が早い。オレはそれを見習いたかった。

オレはネットで写真を探し出し、それを見ながら思いついたことを言った。

「菅義偉、内閣官房長官、髪型は八：二の左分け、髪質は寝やすい、頭のてっぺんにボリュームの欲しい時は分け目を端にするといい。ワイシャツが白すぎで顔と合っていないかも、もう少しくすんだ色合いのワイシャツでも良さそう、勝手に総合判定は八十点、白シャツを替えれば五点アップ!!」

「エマニュエル・マクロン大統領はどうや？」

「髪型は七：三の右分け、髪質は癖毛、出世髪の左分けではないですね。革新的な人は左分け、保守的な人は右分けが多いようです。おでこが広いですね!! 思考力がある人はおでこが上がっていくそうですよ。癖毛ということもあり粘り強い性格だと思います」

「うん、ええやろ、その調子で行け」

「はい」

「今日は、なんかうまいものでも食べよか」

「かしこまりました！」

オレはその日、政治家髪型診断ブログを書いてみた。

再び知見が身ごもった。

出産も二度目になると夫婦とも慌てふためくこともない。

丈尊の時と同じように知見の実家近く、千葉の産婦人科にお世話になった。

今度は予め病院で待っていたので、テレビドラマのように分娩室の外で待っていたら、次男が生まれた。

人は経験により新鮮な驚きの機会を失ってしまう生き物ではないかと思う。落ち着いている分、知見と二人で人生を歩いているのだ、そして、そこに新しく生まれた次男を迎え入れたのだという本物の親父になっていく感じを強く持った。

次男の名はイガちゃんの出身地の福島県の南相馬にあやかり想真《そうま》とつけた。東日本大震災があったあと、イガちゃんの両親は店を休業して、イガちゃんの妹を連れて横浜に出てきていた。

オレはその頃、東京にいて報道を通してしか知る方法がなかったが、イガちゃんからその大変さは伝わっていた。そんなこともあって、次男の想真には自然の荒々しさを忘れずにいて欲しいという想いを込めた。

自分の出身地から子どもの名前をつけたことでイガちゃんはもちろん喜んでくれたが、それだけでなく、太朗さん、雅志、彩ちゃんも一緒に喜んでくれた。それは「ザンギリ」の初代マスターの親父とお袋、オレと知見という大平家の人間だけでなく、「ザンギリ」の全員が一家のように団結していく始まりだった。

この間、オレは今までの「ジワジワ作戦」「スマイル0円作戦」などに加え、時間を見つけては「政治家髪型診断ブログ」を毎日せっせと書いていた。

あの外資系生保の営業マンは、西新宿のビジネスマンに集中的に営業することに決めたらしく、「ザンギリ」に頻繁に来るようになった。

営業マンも勉強熱心で、商売柄かいろいろとアイデアを提案してくれたが、その中の一つが「予約制」にすべきというものだった。予約制にすれば、お客さんの待ち時間を少なくできるし、ピークの時間帯をコントロールできるし、合理的だと言う。

営業マンは営業の歩合だけを頼りに生きるプロ中のプロで、今週は何人と出会い、その紹介で来週はまた何人と出会い、と数字で管理しながら仕事をする。

そういうプロが勧めてくれるのだから、と「予約制」について真剣に考えてみたが、よくわからなかったので、ジョーさんにアドバイスをもらうことにした。

「あのな、君はどう感じるんや？」

「どう感じる、ですか？」

「そうや、理屈ではなくてや」

「今まで予約はなしだったし、そのほうがお客さんも便利がよさそうだし……」

「そうか。そしたら、今のままの『予約なし』でええんちゃうか？」

ジョーさんによると、「**経営は経営者の人格の表現**」なのだそうだ。

政治家髪型診断ブログ

●菅義偉さん（官房長官）
【髪型名】８：２の左分け
【髪質】寝やすい
【スタイリング剤】つけてなさそう
分け目は８：２にしていますね
頭のてっぺんにボリュームを欲しい方は分け目を端にするといいですね！
菅氏も髪が寝やすいので８：２にしているのではないでしょうか？
うまくバランスをとっていますね！　さすが官房長官
気になるのはワイシャツの色
白すぎて顔と合ってないですね！
もう少しくすんだ色合いのワイシャツでも良さそうです
やはり髪とファッションは切っても切れません
切るのは髪だけ
着るのは服だけ
斬るのはザンギリ…
勝手に総合点　80点　白シャツを替えれば５点アップ!!

●エマニュエル・マクロンさん（フランス大統領）
【髪型名】７：３の右分け
【髪質】癖毛
「出世髪」である左分けではありませんね！
革新的な人は、左分け
保守的な人は、右分けが多いようです！
やはりフランスもテロなどがあって国民は不安ですから
国を守ってもらえる人を選んだのではないでしょうか
あくまでも髪型での判断ですが!!
そしておでこが広いですね!!
思考力がある人はどんどんおでこが上がっていくそうですよ
癖毛ということもあり、粘り強い性格だと思います
ぜひとも頑張ってほしいですね!!

「あのな、東京にはJR、私鉄、地下鉄とぎょうさん走ってるやろ」

とジョーさんは、またいきなり別の話を始めた。

「試しにそれぞれの電車に乗って、降りる時に『すいません。切符なくしました』って改札の駅員に相談してみ」

「えー、オレがそんな恥ずかしいことやるんですか!?」

「君な、『ミリオンダラー・ベイビー』の誓いを忘れたんか?」

それを言われたら、何も言い返せない。オレはしぶしぶ言われたとおり、一週間かけて首都圏の路線を片っ端から試し、翌週、ジョーさんに報告した。

「どうやった?」

「路線によって、随分、対応が違いました」

「どこの鉄道会社が一番感じよかった?」

「東急でした」

「何がよかった?」

「事務的に再度払うように言われたところもありましたし、『今度から気をつけてくださいね』と言葉をかけてくれたところもありましたが、東急はどの路線も、なんという か対応が上品でした」

「そうか。あのな、東急を創ったのは五島慶太《ごとうけいた》。強引なやり方が伝説化している創業者やけどな、その後を継いだ五島昇《ごとうのぼる》という息子がお客さん第一の思いやりのある人格者だったと聞いてる。今の東急の上品な文化を作ったのは五島昇の功績が大きい。その上品さは、彼の残した財産だと聞いたことがある」

「へー、そうなんすか」

「結局は、人なんやな」

「人……」

「不思議なことに、経営者の資質、人間性、個人のありようというのが、どんだけ大きな組織になっても大切なんや。結局、組織は個人の人格の表現にすぎないんや」

ジョーさんは続けた。

「だから、もし『予約制』がお客さんのためになると思えば、やったらいいし、違うと思えばやらんかったらええんや。どっちにしても君の人格の表現やからな」

「そうなんすか？」

「そして、一度決めたことにこだわる必要もないんやで。時代が変われば、環境も変わる。人も変わる。その変化の中で、『お客さんのためには何が一番いいんか』『自分らしいのは何か』と考え続けるんやで」

実績の変化（月）
・来客数　550人→620人
・稼働率　31・4％→35・4％
・売上　289万円→335万円

半袖のシャツを着る人もいなくなり新宿の街もすっかり秋めいた。ジョーさんに出会ってもう五年になるのだなと思いながら店にいたらそれを嗅ぎつけたのかジョーさんは突然やって来た。

「先週、髪を切ってくれたやろ。その帰りに、写真館で写真を撮ってもらったんや」とジョーさんは、ドトールでコーヒーを飲みながら、珍しくジャケットを着た真面目な表情の写真を取り出して見せてくれた。今日、その写真が出来上がってきたらしい。勉強のために香港《ホンコン》の映画祭に出かけるのだそうだ。

「映画まだ作ってないのにですか？」

ジョーさんは珍しく口を尖《とが》らせた。

「あのな、『本当のことを言うのは子供かアホだけ』というイギリスの諺《ことわざ》があるんや、覚えとけ」

「すみません」

「映画祭に行くとな、脚本の書き方とか、資金の集め方とか色んなワークショップがあるらしいんや、そこに行こうと思うんや」

「誰でも行けるんですか？」

「企画を提出してそれで審査らしい」

「企画はあるんですか？」

「昔、天津甘栗持って来た時に横浜の中華街の話をしたろ」

「あ、みんな、本当は流暢《りゅうちょう》に日本語話せるという」

「そうそう、それでいこう思うんや、香港にはピッタリやろ」

「ええまあ」

オレにはその企画で通るようには絶対に思えなかった。どう言っていいのか言葉に困ったが、ジョーさんが話題を変えてくれた。

「あのな。それよりな、凄いアイデアを思いついたんや」と嬉々《きき》として語り始めた。

ジョーさんが写真館で撮った写真は三千二百円もしたそうだ。で、撮影前にメイクの真似事をしてくれるのだけれど、それほど大したことはないそうだ。

「でな。この店、学生が少ないやろ。でも、このあたりには大学や専門学校が結構ある。だから、就活生を取り込めないかと、フォトスタジオを始めることを考えたんや。就活にも使ってもらえる」

「写真館？　オレ、証明用の写真なんか撮れませんよ。第一、そんなスペースもないし……」

「ボケ、最後まで聞かんかい！　コスト構造もちゃんと考えてあるんや」

ジョーさんによると、フォトスタジオを始めるにあたってのコストは、家賃とフォトグラファー、ヘアメイクさんのギャラ。それにカメラ、照明機材、写真を加工するパソコンとソフトだった。それに機材はためるらしかった。

「これ、よう調べたら、ランニングコストが滅茶苦茶安いんや。一回道具仕入れたら、家賃と人件費しかかからんやろ。で、メールで画像データ送ったら、印刷コストもかからない。お客さんだって、一度撮ってもらえば、何度でも使い回せる。写真の撮り方は、プロに教えてもらえばええ。常連さんの中にいる、って言うてたやろ」

「たしかに」

オレはジョーさんとさっそくヨドバシカメラに行き、カメラのあるフロアをあちこち歩き回り、店員さんのアドバイスを受けながら必要な機材を選んだ。

「このぐらいですね」

店員さんが弾《はじ》き出した電卓の数字は、約六十万円だった。

「六十万円すか！」オレは思わず声を上げた。

六十万円という金額はさすがに厳しく、「ちょっと考えさせてください」と、ジョーさんに頼んだ。

「ちょっとコーヒー飲もうか」

ジョーさんとオレはその日、二回目のドトールに向かった。

「あのな。ここで突き進めんかったら、いつ突き進むんや！」

ジョーさんは凄い勢いだった。オレは今まで、ジョーさんに言われたことにはさっさと取り組み、店の成長につなげてきた。だから、今回どうしてすぐに行動しないのか、とジョーさんが不満に思うのはわかる。しかし、今まで大きな投資はなかった。せいぜい「超音波メガネ洗浄機」の三万円くらいのものだ。それがいきなり六十万円で撮影機材一式の購入である。知見も、今まで出費のない話ばっかりだったから好きにさせてくれたが、六十万円にどう反応するかわからない。子どもも二人。お客さんはジワジワ増えているものの、従業員が増えた分、彼らに支払う給料も増えている。

「あのな。子どもが二人になって、カメラ欲しいって言ってたやろ？」

「言ってました」

「パソコンも新しいやつ、ほしい言うてたやろ」

「はい」

「画像の加工ソフトは余ってるのがあるから、それを譲る。パソコンとカメラはどっちにしろ買うんやから、ホンマに必要なんは、照明機材と背景のスクリーンや」

「そうすね」

「そうすると、実質必要なんはいくらや？」

「三十万円ぐらいだと思います」

「でな。もし、それやってあかんかったら、ネットで売るんや」

——そんなことまで考えるのか。

「仮に半額で売れたとしたら十五万円の損やろ」

「はい」

「その程度のリスクを取れんかったら、絶不況の理容業界で成功するのなんか無理やで」

こういう考え方、例えば、仕事用に車を三年使うつもりで購入したとして、三年後に売却する時の売却価格を〈サルベージバリュー〉というのだそうだ。だから、フォトスタジオ用のためだけに本当に必要なものの〈サルベージバリュー〉を計算しておけば最悪の場合の損を計算できる、それはオレの場合思っているよりずっと小さい、ということだった。

オレは「一週間、考えさせてください」というのが精一杯だった。

——しかし、困ったな。どうやって知見とお袋を説得しようか。

ジョーさんのことは、随分前に話題にして以来、話していなかった。そこで、夕飯の席で、みんなに初めて今までの経緯を話した。

オレは、子どもの成長記録のためにカメラもパソコンもどっちみち必要になることを話し、サルベージバリューの説明をした。また、照明機材はインターネットで売れるから、失敗したとしても損は十五万円くらいだと話した。

「でも、結局、六十万円いるのよね」と知見は見逃さなかった。

「買えば、何か変わりそうな気がするんだ」とオレは食い下がった。

「どうかしらね……」とお袋も冷たい。

「自分の貯金で買ったらどうだ？　やってみたら納得するんじゃないか？」と親父が助け船を出してくれた。

「たしかに。それなら、自分の責任だわね」とお袋は納得したが、知見は「借金だけは作らないでね」と釘《くぎ》を刺した。

「まあ、やってみるから」とオレは覚悟を決め、週末にヨドバシカメラに向かった。

オレは、六十万円分の機材を仕入れて、店内の片隅に、組み立て式のフォトスタジオを作った。ただし、スペースに余裕がないので、普段は畳んでしまっておき、必要な時に引っ張り出して使うことにしたのだ。

月曜日になって、「フォトスタジオ作ったから」と言うと、スタッフはみんな、びっくりしていた。常連客の田島さんが朝一に、海外出張があるので空港に向かう前に髪を切っておきたいと来てくれた。

「肩凝ってますネ、タイ古式マッサージありますヨ、一度やってみませんカ」というネヨカの法則は使えなかったが、「フォトスタジオ始めたんですヨ」と話すと、気づかってくれ、「じゃ、一枚、撮ってくれる？」とお客さん第一号になってくれた。写真はインターネット経由でスマホに送った。

しばらくすると外資系生保の営業マンがやって来たので、勧めてみたら、「いいよ」と撮らせてくれた。写真をスマホに送ると「いいね、いいね」を連発し、「これ、いけるよ」といつになくほめてくれた。

一瞬、オレも嬉しくなった。しかし、それも束の間。店を出る時、バッグから『ほめる営業』という本が顔を出しているのが見えた。きっと、オレたちを相手に練習しているに違いないと思った。

ジョーさんも、「『ほめること』は本当に大切だ」と言っていたのを思い出した。

「**いいとこを見つけ、心からほめるのが大切なんや、そしたらたいていの人間関係はうまくいく**」と言っていた。

「今日は親父さんいる？」

「家で休んでます、最近、疲れやすいらしくって」

「ちょっと前、親父さんに知り合いの理容室を紹介してもらったんだけど、昨日行ったら、店閉じてたよ」

「あ、そうなんですか。伝えておきます」

この営業マンも毎日、いろんなところに出かけて頑張っているんだなと思った。

イヤな顔をされることも多いだろうに、どこかに出かけては営業し、誰かを紹介してもらっては、またどこかに出かける、そんな奮闘を毎日続けているのだ、オレも負けないように頑張ろうと思った。

カメラを秋に仕入れて写真サービスを始め、冬が過ぎ、卒業、入学、就職の春になった。

日曜日、ジョーさんが様子を見に来た。

「あちゃー、あかんか？」

「はい」

「順調に進んでると思って油断してたわ」

フォトスタジオで写真を撮ったのは、初日の二人以降ゼロだった。

「そーかー。どうしようかなー」

ジョーさんは珍しく困った表情を見せた。

「この季節でもさっぱりあかんか？」

「ダメです」

「そうか……大学や専門学校の前でチラシを撒いてみよか」

「でも、チラシは物量戦でダメなんじゃないですか？」

「いや、今回は学生に絞り込んでるから、行ける気がする。一回やってみよか」

オレは、調髪プラス八百円で就活用の写真撮影サービスを案内したチラシを、新宿の大学や専門学校の前で学生アルバイトに撒いてもらったが、さっぱり反応がなかった。千枚配ってたったの一人も来なかった。本当に一人も来なかった。

反応がないのは、狙っているターゲットに浸透していないからだと思った。ジョーさんに教えてもらったスリーヒットセオリーで言うなら、最低でも三回はチラシを撒かなければならないのだろうと思った。

そして、新宿西口の繁華街にあるプリントショップに向かおうとしたら、お袋から電話がかかってきた。

「お父さんが、入院したの……」

親父が家で倒れ、救急車で病院に担ぎ込まれたそうだ。

このところ、親父の体調があまりよくなく、いつかこういう日が来るのではと覚悟はしていた。だからこそ、オレは「ザンギリ」の立て直しに邁進《まいしん》してきたのだ。

――いよいよ、この日が来たのか。

新宿西口から歌舞伎町の病院に向かい早足で歩いた。

頰を生暖かい涙が伝った。

靴紐《くつひも》がほどけるのがわかったが、そのまま歩いた。

交差点で歩く人に靴紐を踏まれてしまいアスファルトの上で顔から転倒し頰に擦り傷を作った。

頰を触るとうっすら血が滲んでいるのがわかった。

――もう少し生きていてください。

オレは心の中で祈った。

一緒に行った海水浴、初めて店を手伝った少年の日、入学式、理容師の国家資格に合格した日、喜んでくれた親父のことが走馬灯のように思い浮かんだ。

病院にたどり着くと、救急外来の救急処置室のベッドに呼吸器をつけ、点滴をつながれた親父が眠っていた。

医者は、「腎臓が以前から悪いとは聞いていますが、今回はちょっと疲れがたまっていたのかもしれませんね。とりあえず、一、二週間入院して経過観察しましょう」と説明してくれた。

――そうか、まだ生きていてくれるんだな。

全身から力が抜け、オレはその場にしゃがみこんだ。

翌日、見知らぬ男が二人、店に訪ねてきた。

「ゴールデン商事」と記された名刺を差し出した年配のほうは「金融一部 営業部長」、若いほうは「営業」という肩書きだった。

二人とも光沢のある細身のスーツに身を包んでいた。若いほうは坊主頭にサングラス、年配のほうは短く髪を刈り込んでいた。見るからに迫力があり、ドラマに出てきそうな危ない雰囲気が漂っていた。

「大平正司《しょうじ》さんはいらっしゃいますか?」

――親父に用事?

オレは、親父が入院したことを言うのもはばかられ、「いま、外出中です」とだけ答えた。

「そうですか……失礼ですが、息子さんですか?」

「はい」

「あの、ちょっと外でお話ししたいんですがね」

営業部長は、有無を言わせぬ強い口調で、オレを店外に誘った。

そして、オレを喫茶室ルノアールに連れて行くと、席に着くなり、営業部長がいきなり口調を変えて言った。

「さっそくなんだけどさ、あんた、保証人って知ってる？」

「あの、借金を肩代わりするやつですよね」

「そう、そう。じつはさ……」

営業部長の話によると、親父は弟弟子の広田さんが二店目の開業資金を借りる際の保証人になっていたのだが、広田さんが経営に失敗し、この半年余り、返済が滞っているそうだ。それでも連絡だけは取れていたのに、この一週間は携帯もつながらず、どうやら失踪してしまったようだ、と言う。

「期限は一ヶ月。金額はこれだから」と借用証書を指し示した。そこには、「5」を先頭に、「0」が七つも並んでいた。

「五千万円！」

世界が真っ暗になり、全身の力が抜けた。悪いことは重なるものだ。

本当の原因は競馬ではないかと思ったが、理由はともかくあれ後の祭りだった。こうやって借用証書を持って来るからには、向こうに分があるからだろう。

親父が再び二号店を開こうと家族同居で生活費をシェアすることで倹約して貯《た》めたお金は、やっと一千五百万円で、それを吐き出しても全く足りない。

「ここに書いてあるとおり、来月までに払ってね」と営業は続けた。

「払えなかったら、どうなるんすか？」

「さあ、どうなるんだろうね……居抜きで従業員込みで、ウチらに店を渡してもらって、足りない分は奥さんにでも働いてもらって、少しずつ返してもらうことになるんじゃないかな」

営業部長は他人事のように言った。

「奥さんの面接もセッティングしましょうか?」営業の男はオレを嘲るかのように聞こえよがしに営業部長に向かって言った。

——チクショー。

悔しかった、が、どうしようもなかった。

「少し考えさせてください」そう言うのが精一杯だった。

「いいよ」

営業部長の声には余裕があった。

「悪いけど、勝負はついているんだよ」と言われている気がした。

「困ったことがあったら相談に乗るよ」と言ってくれていた常連客の弁護士にも相談してみたが、「これは仕方ないね。契約は契約だから」と事務的に冷たく言われてしまった。

間の悪いことに、今月末には店舗の契約更新もあり、家賃三ヶ月分、百八十万円の更新料を大家さんに払わなければならない。

こんな状況、スタッフには言えないし、知見にも言えない。お袋だって、心配するどころか倒れてしまうに違いない。一瞬、ジョーさんに相談することも考えたが、見るからにお金には縁がなさそうだ。

人生の困難は準備のしようのない方角から襲って来る。オレは足元から、全てが崩壊していく気がした。

「ザンギリ」をなんとか繁盛店にしようと、今までずっと頑張ってきた。そして、親父の夢だった二号店を開こうと思ってきたが、二号店どころか、たった一軒しかない「ザンギリ」の継続すら危なくなってきたのだ。

――どこにも突破口がない。どうすればいいんだ。

放心状態になったオレは店を放り出して新宿駅から山手線に乗り、品川駅でそのまま新幹線に飛び乗った。目的地があったわけじゃない。行き先なんかどうでもよくて、ただただ東京から逃げ出したくなったのだ。

新幹線は西に向かっていた。頭の片隅で「京都にな、御髪神社てあるんや。今度、京都に行くことがあったら寄ってみたらええ」とジョーさんが言ってくれたのを思い出したからかもしれない。

ネットで検索すると、ホームページに神社の由来が書かれていた。

「御髪神社は、わが国の『髪結い職』の起源となる藤原采女亮政之公《ふじわらのうねめのすけまさゆき》を祭神として、御髪大神と称《たた》え祀り、『髪』すなわち『神』に通ずるものとして、縁の深い亀山《かめやま》天皇御陵地の小倉山山麓に建立され、主神の政之公の御神像をご本尊として祀っております。これまで崇敬し参詣される方々から神力あらたかな神社として、現在では、理・美容業界のみならず多くの人々に崇敬されております」

——理容師のオレは行かなければならない。すがるとしたらこの神様しかいない。

嵯峨野《さがの》観光鉄道の「トロッコ嵐山駅」で降りると、大きな池の端に、赤地に白抜き文字で「御髪神社」と書かれたノボリが立っていて、そこが参道の入口だった。

池に沿って歩いて境内に入り、社殿の前で二礼して柏手《かしわで》を打った。

人気のない境内に、オレの柏手の乾いた音が響き渡った。

——髪の神様、お願いです。助けてください！

長い間、手を合わせてから一礼した。

右側には小さな社務所があり、その脇にはたくさんの絵馬がかかっていた。

「抜け毛の進行が止まって、番組の進行が上手になりますように——アナウンサー」

「増毛願う！」

「髪がフサフサになりますように」

——誰にとっても、髪の毛は本当に切実なんだ。

オレは髪への渇望を綴《つづ》った絵馬を、一枚ずつ読んでいった。

すると、中ほどの一番奥に「髪に見放されし者は、そのウンを自らの手でつかめ」と書かれた絵馬を見つけた。誰が書いたかはわからないが、それは、ジョーさんに最初に話しかけられた言葉だった。

——「カミ」というのは「髪」のことだったのか。するとオレは、髪の神に見放されたということか？　何が髪の神様を怒らせてしまったのだろう？　こんな状況で、運をつかむなんて絶対無理だ……。

自然と涙が溢れてきて頬を伝った。

オレは呆然《ぼうぜん》として、濡れた頬のまま「トロッコ嵐山駅」に向かったが、ぼんやり線路に飛び込む自分の姿が頭に浮かんだ。

——生命保険で払うしかないのかな。

そう思った瞬間、スマホが鳴った。発信者は知見だった。だが、

「パパ、どこにいるの？」

声の主は知見ではなく、息子の丈尊だった。オレは膝からくずれた。

「ウォー、ウォー、ウォー」

周囲の人たちの目もはばからず大声で泣いた、泣いた、泣いた。そして思った。

——死んじゃダメだ。この子のために生きなくちゃダメだ。

帰りの新幹線のホームで、京セラの大きなポスターが目に入った。ジョーさんから聞

いた稲盛和夫のことを思い出した。スマホで調べるとこんな言葉が出てきた。それは、オレにとって、雷に打たれたような衝撃だった。

「事業は『自利・利他』という関係でなければいけません。『自利』とは自分の利益、『利他』とは他人の利益です。つまり『自利と利他』とは、自分が利益を得たいと思ってとる行動や行為は、同時に他人、相手側の利益にもつながっていなければならないということです。自分が儲かれば相手も儲かる、それが商いなのです」

「稲盛和夫オフィシャルサイト」より

――結局、オレは自分の成功ばかり考えていたのではなかったか？

「ザンギリ」が儲かることばかりを優先させていたのではないか？

店がなくなったら、もう一度、一理容師としてやり直せばいいではないか。

それで、一人でもお客さんが喜んでくれればいいではないか。

もっとお客さんに尽くすことを考えなければならない。

京都から戻ったオレは、「ザンギリ」に直行した。

閉店時間はとっくに過ぎていたが、店には煌々《こうこう》と明かりが灯《とも》り、いつもと同じようにお客さんのいない店内でスタッフ全員がカット練習に励んでいた。お袋も知見もいた。

それを見たオレは、安堵《あんど》感と申し訳なさから、思わず涙があふれてきた。

そして、涙をぬぐう間もなく店に飛び込んで、土下座した。

「みんな、心配かけてごめん！」

「店長？」「ノリさん」「法正！」

いきなりの闖入《ちんにゅう》者に、みんなが固まったまま口々に叫んだ。

「みんな、心配かけてごめん！」オレは繰り返した。「本当にごめん。でも、大丈夫だ。何とか方法は考える。みんなに迷惑はかけない。安心してくれ！」

オレは床に頭を擦《こす》りつけて、何度も謝った。

「ノリさんこそ、無事に帰って来てくれてありがとう。みんな、待ってたよ」

知見がそっと肩に手を添えて言った。

それを合図に、みんなが集まってきてオレを立ち上がらせた。

整髪料の香りが漂い、エアコンの送風音だけが聞こえる静まり返った店内で、オレは今回の顚末《てんまつ》を話した。

そして、自分に言い含めるように、店を飛び出してからのことを話した。

京都の御髪神社に行ったこと、境内で「髪に見放されし者は、そのウンを自らの手でつかめ」という言葉に出会ったこと、この言葉をこれからの自分の行動指針にしたいこと、「ザンギリ」を繁盛させることばかり考えてきたから罰が当たったと思うこと、「利他の心＝お客さん第一主義」で一から接客に取り組みたいこと。

「できることをやりましょうよ」じっと聞いていた知見が口を開いた。

「そうね、できることしかできないんだから」とお袋が言葉を足した。

「ノリさん、ボク頑張りますよ」と太朗さんが言うと、雅志が、イガちゃんが、彩ちゃんが口々に「頑張ります」と言ってくれた。

翌日、ジョーさんに電話すると「銀行に行って相談してみ。正直に、誠実に話すんやで」とアドバイスされた。

オレは、昔から取引のある銀行に出かけて、事情を説明した。

担当者は「そろそろ二店目を開かれるかなと楽しみにしていたんですけどね……」と資料をゴソゴソと見たり、電卓を叩いたりしたあと、「今、一千五百万円の預金残高がありますね、ご入用なのはその倍ちょっとで……、ご自宅の担保もありますね……」と言った。

「はい」

「わかりました。二店目を開く準備ができたらまたご相談ください」

「え、融資していただけるのですか？」

「それが仕事ですから」

担当者は微笑んだ。真っ暗だった世界が一気に明るくなった気がした。

ジョーさんが普段どこで何をしているのかわからないが、定期的に「ザンギリ」に髪を切りに来るわけではなかった。違う店で髪を切ることもあった。それはジョーさんが言わずとも髪を切ればすぐにわかった。ジョーさんは思い出したようにいつもひょっこり現れた。電話でアポイントメントを入れて定休日の日曜に来て無料で髪を切ることもあれば、営業日に突然やって来て代金を払って髪を切ることもあった。

「暑いなあ、夏、嫌いなんや」

夏の日のある営業日に突然顔を見せたジョーさんは開口一番そう言った。一年数ヶ月ぶりに会ってから六年目の夏の訪問だった。

髪を切った後、店の前のドトールで、御礼かたがた近況を報告した。

「苦しい時に側にいれずに申し訳なかったな」

報告を聞いたジョーさんは詫《わ》びた。

オレは恐縮した。

「そうかぁ。君、素晴らしい経験したなあ」とジョーさんは言った。

「そうすか」

「いつかきっと、この経験が役に立つ日が来るはずや」

ジョーさんはしみじみと言った。

「でも、どうして銀行に行けばなんとかなると思ったんですか？」

「君は本業から逃げないやろ？　そして、〈営業キャッシュフロー〉がしっかりしてる」

「営業キャッシュフロー？　なんすか、それ？」

ジョーさんが「ビジネスのお金の流れには三種類ある」と言って、説明してくれた。

・日々のビジネス活動から得るキャッシュ量を示す〈営業キャッシュフロー〉
・主に固定資産の取得や売却を中心にした投資に関連する〈投資キャッシュフロー〉
・株式の発行や借入金の資金調達などに関連する〈財務キャッシュフロー〉

「君の場合は、理容という本業がしっかりしていて黒字やろ。つまり、営業キャッシュフローはしっかりしている。今回の借金は財務キャッシュフローに当たるけど、継続しない事故みたいなもんやろ。しかも、返済の目処《めど》がついているから、銀行はふつう融資する。お金を貸すのが商売やからな」

「そうだったんですか」

「『ザンギリ』は手堅くやってるから銀行も貸すやろな、とは思ってた。でも、現状復帰への道は長いで。なんとかせなあかんな。マクドナルドやったかどうか、忘れたけどな……」

ジョーさんの話は、別のところに飛んだ。あるアメリカのハンバーガーチェーンが創業当時に有名になったのは、そのお釣りだったそうだ。そのお店で出てくるお釣りの硬貨は、全てがピカピカに磨き上げられていて、もらったお客さんはびっくりしたらしい。

「日本ならピカピカにした五円玉を『ご縁がありますように』『商売繁盛、運がツキますように』と言ってお客さんに渡すと喜んでもらえるかなと思うんやけどな」

　ジョーさんは続けた。

「『ザンギリ』のお客さんはビジネスマンやろ？」

「99％、そうです」

「せやな。ビジネスマンが一番気にするの何か、わかるか？」

「何でしょう？」

「ツイてるかツイてないか、や。**ツイてるヤツと仕事すると自分も成功する。**せやからツイてるヤツと仕事したいし、自分もツキたい。**自分がツイてたらいい仕事がやってきて、成功し、商売は繁盛する。**みんなそう思ってる」

「なるほど」

「変に宗教じみんと『お客さんがツキますようにという思いを込めて、髪切らせてもらってます』『私たちはお客さんの成功を祈ってます』っていう心を伝える仕掛けがあったら、なおええんやけどな……」

ジョーさんの言葉を聞いて、オレはアイデアが浮かんだ。そこによく行くお客さんの話を覚えていたのだ。

「そうだ。ジョーさん。鎌倉《かまくら》に『銭洗弁天』って、あるんすよ」

「なんや、それ？」

「そこの『銭洗水』でお金を洗うと何倍にも増えて戻ってくると言われています。そこに行って、五円玉を洗いましょう、それをお客さんに渡すんです」

「それ、ええな。それやれ！」


次の日曜日、太朗さん、雅志、イガちゃん、彩ちゃんを伴い、大量の五円玉をリュックに詰めて鎌倉に出かけた。銭洗弁天に着くと、洞窟に入り、備え付けのザルに五円玉を入れ、柄杓《ひしゃく》で丁寧に水をかけた。

「いろんなこと思いつきますね」と太朗さんは感心していた。この銭洗弁天詣《もうで》は、「ザンギリ」のため、そして、お客さんのためを思ってのことだった。

店に戻ると、小さな紙に「立身出世」「家内安全」「商売繁盛」「合格祈願」「一攫千金《いっかくせんきん》」「無病息災」といった開運の言葉を印刷して、洗ってきた五円玉に貼りつけた。

「『発毛促進』はどう？」という提案もあったが、ふざけているように思われるのでやめた。

翌日から、会計時にお客さんにその五円玉を「ご来店ありがとうございます。いいことありますように」と言って渡した。「マーケティングのために、調髪料の約0・1%というのは安いな。絶対に効くで」とジョーさんは笑っていた。

この「五円玉作戦」は効いた。どのお客さんも「へー、こんなことまでしてくれるんだ」「ありがとう」と言って喜んでくれた。

「『ザンギリ』で髪を切ってくれたお客さんが幸せに仕事で頑張ってもらえるように」と五円玉に心を込めたのだが、その「利他の心を込める」作業は、オレたちが「思いを込めて切る、剃る、洗う」サービスにつながっていったように思う。

ただ、「ぜひ使ってください」と言って渡すのだが、

「前回もらったのがまだ財布の中にあるよ」

「持っていたらいいことあるかなと思ってね、そのまま持ってるよ」

と言って、実際に使う人は少ないようだった。

ある時、お客さんが「最近、オレ、部長になってね、この五円玉が効いたのかな」と言ってくれた。それからしばらくして、ノーベル賞をとったお客さんが常連さんになってくれたり、常連の体育大学の学生がオリンピックで金メダルを取ったりした。

そこで、これを機に、店のコンセプトを「出世する人の多い理容室」に変更すること

にした。本当は「運がつく理容室」にしたかったが、スピリチュアルっぽいのでやめにした。

親父の代のコンセプトは「ゆっくり、ゆったり、リラックス」だった。オレが戻ってからは「お客さんに元気になってもらう」で走り続けてきたが、ついにオレの代のザンギリのコンセプトが固まった気がした。

「今な、最高のカタチやで。『ザンギリ』は、単なる『髪を切る』空間から、もっと価値のあるものになった。そして、『ザンギリ』そのものもミッションを実現することを強烈に意識する組織になったやろ。じっくりと今のお客さんを大切にする、バタバタしない戦略ができた。そして、具体的にさまざまなことをみんなで考えて実行できるようになった。もうすぐ、爆発する。必ず爆発するで」

とジョーさんは言ってくれた。

しかし、まだ、「フォトスタジオ」の失敗の汚名返上はできていなかった。六十万円の投資不成功の負の実績は重かった。

実績の変化（月）
・来客数　620人→700人
・稼働率　35・4％→40％
・売上　335万円→386万円

ジョーさんはどこで何をしているのか音沙汰はなかった。

オレはこちらからジョーさんに連絡することもなく黙々と政治家髪型診断ブログを継続した。

最後に話してから一年が過ぎ、夏になった。

いろいろな作戦が成果を出し始めているのは確かだが、既存のお客さんのリピート率、新規のお客さんの割合はまだ爆発的には伸びてはいなかった。

毎日、毎日、考えていた。脳みそがちぎれるのではないかというぐらい考えてみたが、新しいアイデアは出て来なかった。

そんな時、電話がかかってきた。

「あの、フジテレビですが……」

それはテレビのディレクターからだった。

——キタ——(゜∀゜)——!!

「大平さん、政治家の髪型についてブログを書かれていますよね」

「はい」

「あれ、どうして書かれてるんですか?」

「理容ってあんまり注目されない地味な仕事なんですが、やっぱり専門の技術があるんで、それを少しでも知ってもらえたらと思って」とジョーさんにいつもアドバイスされたことをそのまま伝えた。

それがよかったのかどうかはわからないが、「今度、うちの情報番組に出ていただけませんか?」と打診され、引き受けることにした。

カレンダーを見ると、ジョーさんの予測どおり、政治家髪型診断ブログを始めてちょうど三年のことだった。

さっそく、電話でジョーさんに報告した。

「よかったな」

嬉しそうな声だった。

「出会って何年や」

「七年です」

「時間かかったな」

「はい」

「今、何せなあかんかわかるか？」

「今ですか？」

ピンとは来なかった。

「わからんか？　あのな、今からプリントショップに行って、名刺を作るんや」

「名刺ならありますよ」

「ちゃう、そんな名刺やない。世の中にない名刺を作るんや」

「世の中にない名刺っすか？」

「そうや。今日から『政治家髪型評論家』を名乗るんや」

ジョーさんに言われたとおり、オレが「政治家髪型評論家」の名刺を作って渡すと、取材に来たディレクターは目を丸くしていた。

番組には、心理学者やファッションコーディネーターと一緒に出演した。総理大臣が辞任することになり、その会見の模様を見て、理容師の立場からコメントをした。テロップには「政治家髪型評論家　理容室ザンギリの大平法正さん」と出た。

この日から、オレは政治家髪型評論家になったのだ。

以後、オレはテレビやラジオにときどき出演し、ユニークな理容室の店長として紹介されたり、政治家の髪型についてコメントするようになった。

政治家髪型評論家となったことは、経営戦略としても非常に重要なことのようだ。

ジョーさんが「**初めて＆一番の法則**」というのを教えてくれた。

大西洋を最初に単独無着陸横断飛行したのはリンドバーグだが、二番目の人は覚えていない。日本で一番高い山は富士山だが、多くの人は二番目が南アルプスの北岳だということを知らない。

だから、**最初や一番になるというのは極めて重要だ**というのだ。

しばらく、オレは全理協の大会で一番になろうと頑張ってみたが、自分に向いてないことに気づいた時、ジョーさんは無理にねばらせずに、「やりようはある」と言って、オレに「政治家髪型診断ブログ」を始めさせた。

「ＨＣＡの大会でグランドチャンピオンになったんやったら、それで十分やで」と言っていた。ジョーさんのやり方は、「石の上にも三年」で、ブログを続けていれば、必ずメディアは食いついてくる。そして、そのカテゴリーの職業を作り、名刺を作って名乗れば、自動的に第一人者になる。そういうことだった。

常連客の田島さんにこの話をすると、「見事というか、なんというか。その人、えげつないことをするね」と笑っていた。

「そうすか?」

「これまでに何人、論評したの?」

「千人ぐらいすかね」

「千人も積み上げた経験は絶対的優位だね。もう誰も追いかけてこないよ。そして、全ての情報が君に集まるようになるよ」

「そのとおりや。ええこと言うてもろたな」とジョーさんは言った。

一つのカテゴリーを作るのには何年もかかる。だから、千人分の努力は圧倒的で、誰かが真似して追いかけようとしても、同じカテゴリーでは積み上げられたデータ量に絶対に勝てない。

自分で作ったカテゴリーだから第一人者となり、メディアからもそのテーマについて問い合わせが集中する。情報も集まり、人脈もでき、世の中が何を求めているかもわかり、業界外の世界との交流も増える。

「これが起爆剤になったらええな」とジョーさんは言った。

それからしばらくして、銀行の担当者から「ピーアールがうまいですね。この調子で頑張っていただけたら、二店目もそろそろ視野に入ってきましたね」と言ってもらった。

ジョーさんの言ったとおり、銀行はしっかりしたビジネスにはお金を貸すのだとわかった。

「せっかくだから、なんとかフォトスタジオを利用できないかな……ふつうは、カメラや機材をいろいろ使っているうちに、そこから何かキッカケやアイデアが生まれるもんなんやけどな」

そう言われてオレは、撮影機材を完全に畳まず、店の隅に置いていつでも使えるようにした。営業中はお客さんの対応でバタバタしていて何もできなかったが、閉店後や休憩時間になると、積極的に機材に触れ、時には、知り合いのプロのフォトグラファーの指導を仰ぎながら、どんどん写真を撮るようにした。

アイデアがフッと湧いたのは、定休日。

若手スタッフのカット練習を指導している合い間に雑誌を見ていたら、ヘアスタイルの特集をやっているのを見つけたのだ。そこで、オレはカットモデルの写真を撮って、ダメ元で雑誌の編集部に送り、電話で次々と営業をかけてみた。

すると、「政治家髪型評論家」という肩書きも効いたのだろう。雑誌が時折、「ザンギリ」を紹介してくれるようになった。

ヘアスタイルの写真コンテストにも挑戦するようになった。若手スタッフがカットしたモデルの写真が入選したり、優勝したりするようにもなった。

フォトスタジオの新しい活用方法が生まれたことで、スタッフはますます結束し、やる気に満ちていた。親父も体調を回復し、元気になって店に顔を出すようになった。

しかし、もっとできることがあるはずだ。もっと頑張れることがあるはずだ。と心地よい疲労感をオレは味わいながら、ピーナッツを口に入れた。

実績の変化（月）
・来客数　700人→800人
・稼働率　40%→45・7%
・売上　386万円→446万円

【ディシプリン／アカデミック・ディシプリン】

フランスの哲学者ミシェル・フーコーが、十八世紀のヨーロッパで成立した権力のテクノロジーの本質的要素を示すために用いた言葉。「規律」「訓練」「専門分野」「学問分野」などと訳される。

【ロジックツリー】

課題や問題が起こった時に、どのような道筋で解決するのが適切なのか、を導き出すフレームワーク。基本的に五階層以上掘り下げると、より良い分析が可能になると言われる。

【MECE（ミーシー）】

Mutually Exclusive Collectively Exhaustive の頭文字を取ったもので、「互いにモレがなく、全体にダブリがない」ことを認識するロジカルシンキングの基本。「どういう視点で分けるのか」「どういう切り口で分けるのか」がポイントになる。

【キャズム】

革新的商品やサービスが市場でシェアを拡大する過程で、容易に越えがたい「溝」があるとする理論。その溝を越えるのには提携などが重要で、ホールプロダクトの概念も取り入れて説明している。

【ホールプロダクト戦略】

企業が提供する製品・サービスと消費者が求める機能には常にズレが生じるため、消費者の期待する機能に近づけるよう、自社製品の補完製品や補完サービスを段階的に揃えることで、顧客満足度を高めていくことができる。

【ボーリングレーン戦略】
ボーリングの一番ピンを倒すと、他のピンが次々と倒れることにたとえた戦略。市場を細分化し、まず一番ピンに相当する市場を攻略して圧倒的シェアを獲得してから、その勢いで隣の市場も攻略していく。

【PR／ピーアール】
パブリック・リレーションズのことで、社会との関係を構築すること。有料で広告を打つよりも、パブリシティを活用することが多い。

【サルベージバリュー】
例えば、十万円で購入したパソコンを数年後に下取りしてもらった時の価格。クルマのリース契約でも、車両価格から残存価格を引いた金額を設定し、利用期間分の代金だけを支払うシステムになっている。

【営業キャッシュフロー】
商品の販売やサービスの提供など、企業が日々の営業活動から得たキャッシュ量を示したもので、これが大きいほど、経営は安定する。業績（経常利益、法人税などの支払、減価償却費など）を上げて、取引条件（売上債権の減少、買入債務の増加、棚卸資産の減少など）を改善すると、営業キャッシュフローは増加する。

【投資キャッシュフロー】

固定資産（土地や建物、工場、機械、運搬車両など）の取得や売却で増減したキャッシュ量を示したもの。固定資産が増えれば投資キャッシュフローはマイナスになり、減れば投資キャッシュフローはプラスになる。

【財務キャッシュフロー】

企業が営業活動や投資活動を維持するために、どの程度の資金が調達あるいは返済されたかを示したもの。主に、銀行借入による資金の調達と、銀行借入の返済からなる。経営の安定のためには、返済能力以上に借入金が増加していないかをチェックする必要がある。

第6章

進むべき道

「すっかり秋やな」とジョーさんから平日に店に電話がかかってきた。ジョーさんは日曜日に髪を切るアポイントメントを入れた。前回はついこの間の夏のことだったから、ジョーさんは東京で活動しているのだろう。

日曜日、ジョーさんは約束どおり店に来た。

その日は、太朗さん、雅志、イガちゃん、彩ちゃんもカットの練習に店に来ていた。

これまでの大躍進で、ジョーさんの活躍と貢献がスタッフにも浸透しており、オレたちの会話を聞いて、彼らも何かを学びとろうとしているようだった。

給湯器が使えないので霧吹きでジョーさんの髪を湿らせて梳いた。ジョーさんの髪に白髪が増えてきているのに気づいた。

――ジョーさんに出会ってもう七年になるんだな。

ジョーさんには随分と世話になった。スタッフも増えた。でも、もう一歩、あともう一歩成長したいと思った。

「ここからもう一歩、詰めたいんですよね」

「そうやな」

「なんかいいアイデアないですか?」

「君、『なんかいいアイデアないですか？』て言うたらええと思ってるのとちゃうか？」

オレは図星を指されたような気がした。

若手スタッフがクスクスと笑っていたが、ジョーさんは、気にせずに考えている表情だった。例のゾーンに入ったような表情だった。

「そろそろお客さんに価値を理解してもらうような努力を少しずつやってみるか？」

「価値を理解してもらう努力ですか？」

「あのな。今、映画を作ろうとしてるやろ。映画には、物語が大切なんや」

「そうですね」

「その物語を、うまいこと理容に取り込むんや」

物語には構造がある。最後にパッと明るい気持ちになってほしければ、その前に深い静かな時間を作る。その深い静かな時間を一層深く静かな時間にしたければ、その前にいったん明るい気持ちを作る。

そういったうねりを意図して作り出すと、お客さんに物語の中に溶け込んだような感覚を味わってもらえ、物語の終わりに爽快な感動を提供できる。

「これを、理容のプロセスであてはめてみたろか？」

「はい」

お客さんは、店にやって来ると、『いらっしゃいませ』と挨拶され、荷物とジャケットを渡すが、これはほんの入口に過ぎない。

バーバーチェアに通され、座ると散髪ケープをかけられ、カット前の洗髪が始まる。『かゆいところないですか?』と理容師とのコミュニケーションが始まり、本当の物語が始まる。世間話のやり取りをしながら、髪を切る。カチカチ、ザクザクというハサミの音が言葉のないコミュニケーションだ、お客さんは髪を切られて変わっていく自分を、ナルシスティックに鏡の中に見ている。明るい世界の頂点にいる。

『倒しますよ』と声をかけられたかと思うと、バーバーチェアは倒され、シェービングクリームが顔に塗られる。ヒンヤリとしたクリームの感覚がたまらない、たまらない。静かな内なる世界に入っていくサインだ。顔剃りで皮膚を通した会話が始まる。理容師の思いやりが、手から、剃刀へ、剃刀から皮膚へ、皮膚からお客さんの脳みそに伝えられる。やがて、バーバーチェアがくるりと回され、最後の洗髪開始。髪は頭皮とともにしっかりキレイにシャンプーされる。

バーバーチェアとともにお客さんは起こされる。世界は少し明るい。そこで最後のマッサージ。これは天国に昇天しそうな気持ちだ。そして、セット、『オレもいい男じゃないか』とナルシスティックの絶頂。『はい、終わりました』という声で、バーバーチェアを離れ、とどめはお茶とアメでフーッと落ち着く。五円玉と名言カードの元気をもらって理容の物語が終わる。

ジョーさんは続けた。

「『物語は旅』や。お客さんは理容という旅を体験してるんや。**経験・体験を売るビジネスは、こういうふうに『旅』のうねりを上手に設計してる**」

「なるほど」

「ディズニーランドもこういうことを緻密に計算していると言われている。アメリカは、こういう研究を実際に使うのが、滅茶苦茶うまいんや」

「そうなんすか？」

「そうや。そこが日本とアメリカの経済力の根本的な差を生み出してる。で、どうしたらこのうねりを理容でもっと豊かにできるか、考えてみたらいい」

オレは、物語の理論をどう活用すれば、お客さんがより喜んでくれるか、理容の物語のうねりを一層豊かにメリハリのあるものにできるかを必死で考えた。

そして、お客さんにはそれぞれ好みがあるはずだと気づき、調髪の前に「旅の好み――調髪をしている間に話をしたいか、したくないか、眠りたいか、雑誌を読みたいかなど――」を聞いておき、その好みに添った調髪体験になるようにした。

オレはスタッフにも、「お客さんには旅を楽しんでもらっているんだ」「添乗員のように旅のお手伝いをしているんだ」「物語のうねりを意識しながら接客するんだ」という意識を持つように指示した。

とくにカットが終わってからの顔剃り、洗髪などの時間は、静かにお客さんの世界に入ってもらうために、こちらからは話しかけないように心がけてもらうことにした。

ジョーさんに出会ってから七年がたった冬は特別に寒い冬だった。

オレはジョーさんと西新宿のスターバックスにいた。もうすぐ春になるのだが、まだまだ寒かった。店内は暖かく、柔らかいジャズが流れていた。

「ところで、最近、インターネットで嫌がらせされたんですよ」

オレが政治家髪型評論家としてちょくちょくメディアに出るようになってから、誰かがインターネットの百科事典にオレのことを書いてくれていた。だが、そこに悪口を書き込む輩《やから》が現れたのだ。

「自分で政治家髪型評論家と名乗っているだけだ」とか、「日本一になったとか言っているけど、嘘だ」とか書かれていた。

それを聞いたジョーさんは「よかったな」と言った。

「どうしてですか?」とオレはムッとして尋ねた。

「社会てな、新しいことするヤツが出てきたら、最初はみんな鼻で笑う。そして、成果が少し出始めるとみんなで無視するんや。それでも我慢して続けていると、邪魔するヤツ、嫌がらせするヤツが出てくるんや。『ザンギリ』はテクノロジーではなくサービス業、昔ながらのスモールビジネスや、ちょっとでも気を抜いたらサービスの質が落ちてお客さんは逃げる、毎日が真剣勝負、その中で進化してきたんは大したもんや」

「ありがとうございます」

「ほんでな、嫌がらせするヤツが出てきたということは一人前になったいうことや」

「その後は？　それでも頑張り続けていたら？」

「たぶん……君を騙そうとするヤツが群がってくるやろな。気をつけることや」

「まだ、先の話ですよね」

「そうやな、そういうヤツが出てきたらその時はかなり成功しているということや、そこを目指して頑張るんや。ところでな、昔、アメリカにいた頃、しょっちゅうスタバに行ってたんや」

「そうなんですか」

「なぜかと言うと、トイレがキレイだったからや」

「へー」

「アメリカにいた頃は、キレイなトイレがあって、美味しいコーヒーが飲めるくつろげる場所、というのがスタバやった」

「前に話していただいた『価値』ということですか？」

「そうや、もう一度、別の視点から『価値』について考えてみよか」

「はい」

「お客さんの中には、スタッフの笑顔がいいから好きという人もいれば、職場の近所にあって便利だからと通う人もおる。お客さんにとっての店の『価値』は人それぞれやから、サービスを提供している側にはわからんやろ？」

「そうですね」

「サービスを提供している側は、それでもわからんなりに『こんな価値がありますよ』て、お客さんに薦めなあかんやろ」

「それはそうですね」

「そういう『お客さんに薦める価値』のことを〈バリュー・プロポジション〉と呼ぶんや。英語で、バリューは『価値』、プロポジションは『提案』という意味や」

「なるほど」

「ビジネスをする人は誰もが〈バリュー・プロポジション〉を自分なりに考えて商売してるんやけどな、お客さんが支持する理由の真相はなかなかわからない。そして、それと同じで、支持してくれない理由もわからない。あのな、京都の四条河原町《しじょうかわらまち》のセレクトショップの中に『ハラジュクコーヒー』っていう立ち飲みのコーヒーショップがあったんや」

「聞いたことあります。本店は東京じゃないですか？　美味しいコーヒーが飲めるって有名ですよ」

「そうや。でもな、原宿《はらじゅく》って東京やろ、それがあかんのやな」

「どういうことですか？」

「この前行ったら、閉店してた」

「そうなんすか」

「メッチャうまいカプチーノ出してくれるから、お気に入りだったんやけどな、客が入ってなかったんや」

「マジっすか？　東京では行列ができてますよ」

「京都にまだ店があった頃、店員さんに、何があかんのか聞いたことがある」

「何て言ってました？」

「京都には水出しコーヒーの店が多いから、エスプレッソ中心のハラジュクコーヒーは京都では難しいって言うてた」

「へー」

「でもな、そうやないと思うから、教えたったんや」

「何て言ったんですか？」

「京都人は、大体において東京が嫌いや。野球は百歩譲って阪神タイガース。戦争と言えば太平洋戦争やなくて、応仁の乱。都と言えば京都。東京は仮の都。『京都っていいところや』て言うたら、『今頃気がつかはりましたか。そんな話題、長いことしたことおへんな』て言われる。京都人は心底、京都が日本の文化の中心やと思ってる」

「わー、そうなんすか」

「そうや。せやから、文化庁が京都に移転するっちゅう話になっても、感謝もしてない。当たり前やと思うてる」

「そこまで……」

「そんな街で『ハラジュクコーヒー』って言われて、誰が飲みに行くか。原宿は東京や。京都に美味しいコーヒーない思ってるんか！　そういう話やろ」

「そ、そうですね」

「そら、流行らんはずやろ。こういう話を、店閉める前の店員さんにしたんや。ところが、この間、原宿の店に行ったら、名前を『コーヒービーンズショップ』に変えてた」

「ジョーさんの意見を参考にしたんでしょうかね？」

もし、その店員が聞いた話を東京の本社が吸い上げ、経営に活かしたとしたら、そのシステムは素晴らしいものだ、というのがジョーさんの説明だった。

「彼らは名前の変更とともに、業態も変更している。あれは参考になるかもしれんぞ」

ハラジュクコーヒーからコーヒービーンズショップに業態変更し、「豆を売る店」に変わっていた。いくら立ち飲みの店とは言え、コーヒー一杯を一人ひとりに売っていては、売上に限界がある。だから、もっと利益が厚く、単価が上がり、店の坪当たりの売上が上げられる業態に変更したのだろう。

「ビジネスモデルの変更ですよね」

「いや、厳密には商品ラインアップが増えただけやろ、仕入れたものを売るという工程は変わってないやろ。店で売る商品アイテムが増えただけや」

「なるほど」

「かしこい動きやな」

喫茶店はその場でコーヒーを飲んでもらわないといけないが、コーヒー豆の販売なら商品を持って帰ってもらえるので、坪当たりの売上を伸ばしやすいのだ。

「いつか彼らは、ブランドを使って販売システムを変えるで」

さらに、店舗販売の場合は必ず家賃が発生するが、発生しない世界＝インターネットでの販売に向かう、とジョーさんは言うのだ。

「ブランドって何ですか？」

「それは本質的な質問やな」

オレは褒められて、まんざらでもない気がした。

「難しいなあ。その質問に答えるために、広告マンやマーケティング学者は死ぬ気で考えてる」

ジョーさんは少し考えて言った。

「ブランドは『約束』やな」

「『約束』すか」

「そうや。そういえば、君は新婚旅行でオーストラリア行った時、マクドナルドへ行かへんかったか？」

「行きました」

「なんで行ったんや？」

「まあ、マクドナルドだったら失敗ないかなと思ったからです」

「そやろ。その『失敗ないかな』というのが約束でありブランドやろ。マクドナルドでは驚くようなめっちゃ高い料理が出てこないことは知ってる。でも、味や品質にはそれなりに後悔しないことも知っている」

「なるほど。でも、どうやったらブランドって作れるんすかね？」

ジョーさんは不思議そうな顔をしてオレを見つめた。

「君、まだわからんか？」

「へ？」

「ブランドは一朝一夕にはでけへんのや。君は、オレに会った日から、『ザンギリ』のブランドを作るために毎日頑張ってきたんやで。お客さんに毎日、『やっぱりここのカットとサービスはええな』と思ってもらう。そういう瞬間を君は今まで積み上げてきた。そして、それをさらに続けて強くし続けるしかないんや」

「はい」

ジョーさんは少し考えて続けた。

「ところで君は、お客さんに理容技術の説明をしているか？」

「いや、あんまり」

「ＩＴの世界には〈エバンジェリスト〉っていう役割の人がいる」

「エヴァンゲリオンですか？」

「ちゃうわい、エバンジェリスト。もともとはキリスト教の『伝道者』の意味やけど、最新の技術をわかりやすく説明する人や」

「あ、そうなんすか」

「そう。君は今まで、政治家髪型評論家として政治家の髪型を評論してきたやろ」

「はい」

「その目的は、『理容ってあんまり注目されない地味な仕事やけども、専門の技術があるから、それを少しでも知ってもらいたい』って言うてたやろ」

「はい」

「それこそエバンジェリストの仕事や」

「なるほど」

「しかし、それは対外的に言うてるだけや。しかも政治家の髪型に絡めているだけで、お客さんにダイレクトにわかりやすく技術を伝えてない。例えば、十分間千円の理容室との技術的な違いやサービスのどこが特別なのかがハッキリわかったら、お客さんも四千五百円という値段に納得すると思うんや。お客さんは漠然と『この理容室のカットとサービスはええな』と思うてる。じゃあ、何が具体的にええのか、どんな技術の裏付けがあるのか、を説明するのは君の仕事やで」

「たしかに。やってみます」

「ほんでな、売上をもう少し上げたいやろ？」

「はい」

「エバンジェリストをやりつつ、独自ブランドのシャンプー出してみたらどうや？　それをやってもかまわないブランド力もそろそろついてきたやろ」

「シャンプーですか？」

「そうや。ハラジュクコーヒーがコーヒービーンズショップに業態を変更して収益性改善を図ったのと同じように、『ザンギリ』で売れる商品アイテムを増やせる」

「そんなことできるんですか？」

「できる、できる」

オーケストレーターの流れ

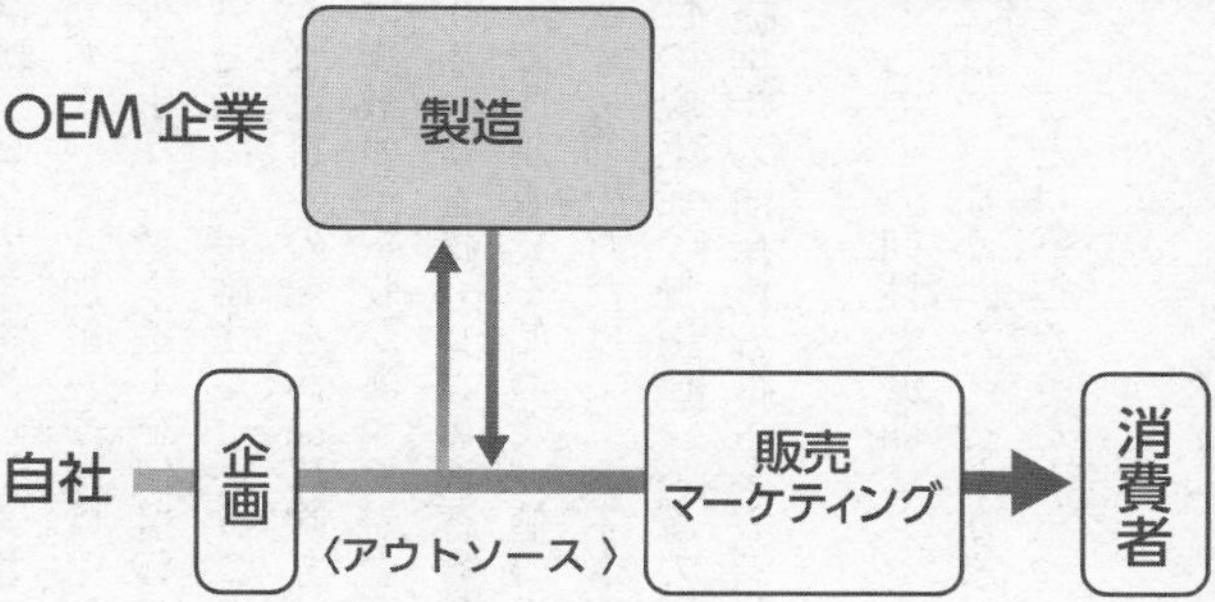

企業が、バリューチェーン全体のプロデューサーになるシステム。
企業は、自社のコアとなる付加価値活動（企画、販売、マーケティング）に注力し、その他の過程（製造）は他社に外注する。

二十年ぐらい前から、化粧品や健康食品、トイレタリーなども含めた多くの分野で、「受託開発」専門、つまり、基本的には企画とマーケティングは別の会社にお願いするという製造専門の〈ＯＥＭ〉メーカーがドンドン増えているのだそうだ。

それは、自分たちで商品を企画し、ＯＥＭメーカーに外注してオリジナルの製品を作ってもらう〈オーケストレーター〉というビジネスモデルだった。

「ネットで調べたらすぐわかるから。何社かに連絡して話を聞いてみたらいい」とジョーさんに言われて調べようとしていたら、付き合いの長い業者が特注のシャンプーを作れることがわかり、お願いすることにした。

特徴は、ビジネスマンのお客さんに喜んでもらえそうな成分を多く入れたこと。泡立ちがいい、加齢臭や抜け毛の予防になる、柑橘《かんきつ》系ベルガモットの香りでリラックス効果、オリーブオイルを使用してアンチエイジング効果などだ。

自分で商品を企画するということはその商品に関する全てを考え、決めるということだ。それは自分の魂を商品に吹き込むような作業だった。

色は無数の選択肢があったが金運をもたらす意味で黄色系にした。インターネットで弁理士事務所を探しロゴの商標登録もした。シャンプーができると「出世髪」というブランドで店舗販売を始めた。値づけには迷ったが強気に定価を三千円にして三百本用意したが、最初の月だけで二百本も売れた。利他の精神で一本あたり百円を、小児ガンや先天性の脱毛症・無毛症、不慮の事故などで髪の毛を失った子どもたちに医療用ウィッグを提供する団体に寄付するという社会貢献の姿勢も、支持してもらえた理由だと思う。

店としての方向性と展開はジョーさんのおかげだった。大きな方向性を決めることはオレにはできなかった。それがなければ何も起こらなかったろうと思う。ジョーさんに出会えたことは幸運だったと気づいた。

実績の変化（月）
・来客数　８００人→８８０人
・稼働率　45・７％→50・３％
・売上　４４６万円→５５６万円

桃栗三年柿八年というが、ジョーさんに出会ってから柿も実る八年目の春、定休日の日曜日にジョーさんは髪を切りにやって来た。

ジョーさんの髪を切り終わると、例によって向かいのドトールに出かけた。

ジョーさんは、ミラノサンドをコーヒーで流し込むようにむしゃむしゃと食べながら「ここのミラノサンドは最高やな。でしゃばりすぎないこの味。サンドイッチに対するビジョンが素晴らしい」と言った。

ジョーさんが「ビジョン」という大げさな言葉を使うのがおかしかった。

それに気づいたらしく、少し不機嫌な表情になった。

「ビジネスには、全体へのイメージ、構想、つまりビジョンというものが大切なんやで。結局、人間はそこに向かって進んでいくんや。明確なビジョンがスタッフ間で共有されていなければ、ビジネスはうまくいかないんや」

「『ザンギリ』のビジョンって何ですか?」

「『ザンギリ』は、君のビジョンや」

ジョーさんは続けて、また脈絡のなさそうな話を始めた。

「昔、四国八十八ヶ所のお遍路に出かけた時な、高松《たかまつ》から小豆島《しょうどしま》に向かうフェリーに乗った。フェリーに乗ったら、音楽が流れた。何やと思う?」

「さあ、わかりません」

「君は知らんかもしれんが、小柳《こやなぎ》ルミ子《こ》の『瀬戸《せと》の花嫁』や。日本歌謡大賞もとった名曲やけど、もう五十年も前の歌や。でもな、あのメロディや歌詞を耳にするたびに、瀬戸内海の島を訪れる人、去る人は、何らかの思いを抱くわけや。それぞれに、瀬戸内海の島々の段々畑や美しい夕景色を思い描く。素晴らしいビジョンやろ?」

「そう思います」

「これがエンターテインメントの力なんや」

「なるほど」

「そういうビジョン、君にも作れるんやで」

「へっ?」

「『トム・ソーヤーの冒険』の中に出てくるペンキ塗りの話、知ってるか?」

トムは、いたずらの罰として、おばさんにペンキ塗りの仕事を言いつけられる。最初はイヤイヤやっていたが、一計を案じて、いかにも楽しそうにペンキを塗り始めた。

するると、友達が「なにがそんなに楽しいのか」と尋ねてくる。トムは「この仕事は難しくて、滅多にやらせてもらえる仕事じゃないんだ」と説明する。それを聞いた友達はどうしてもやりたくなり、「これをあげるから」とリンゴと交換にペンキ塗りをやらせてもらう。

そして最後には、ペンキ塗りをしたい友達が列を作り、トムはペンキ塗りの仕事を友達たちにやらせながら、彼らからの品物もせしめてしまった。

「つまり、トムは『ペンキ塗りは楽しい』というビジョンを作ったんや。君かて、理容師の仕事て、素晴らしいと思うやろ？」

「はい」

「高度な技術もある、奥も深い。でも一方で、儲からない商売だと思ってる」

「そのとおりです」

「でも、君がやってのけたら、業界中が『右へならえ』やろ。そしたら、『瀬戸の花嫁』やトム・ソーヤーと同じことをすることになる」

「なるほど。そうですね」

「君は自分でやってみせることで業界全体にビジョンを与えるんや。『瀬戸の花嫁』やトム・ソーヤーは想像上の話やけど、君の場合は、ホンマに人に飯食わせなあかんからな。ある意味、責任はもっと重く、やり甲斐《がい》があるはずや」

ジョーさんは、打ち合わせがあるからと行ってしまった。その後には、オレのやる気だけが残っていた。

オレは、就寝前にピーナッツを一粒食べながら、おぼろげに見えるビジョン、業界にインパクトを与えていく自分自身の姿のイメージを明確にしなければならないと思った。

「**頑張った人が報われる仕掛けを作らなあかんで。**一般企業でも仕事に結びつく資格を取ったり、TOEICで規定の点数以上を取ったりすると『資格手当』が支給されるのと同じや」

というジョーさんの言葉を思い出し、彩ちゃんにイラストを描いてもらった時は、給料とは別に臨時ボーナスを払うようにした。

また、国の指導にもかかわらず理容業界では、労災保険や雇用保険に加入していない理容室がまだまだ多いのだが、ジョーさんに「雇用者の義務やで」と言われたことをきっかけに、スタッフ全員を加入させ、みんなも安心して働けるようになった。

トッピングメニューも充実させた。

これまで個別に提供していたリンパマッサージ、耳掃除、顔パック、毛穴ブラッシング、フェイシャルなど十種類のトッピングメニューを組み合わせて、四つのコースを作った。

・リフトアップ効果で第一印象をよくする「課長街道コース」
・日ごろの疲れやむくみを解消する「部長街道コース」
・頭の先から腰までしっかりマッサージする「社長街道コース」
・停滞している血液を循環させる「会長街道コース」

価格帯はプラス二千円から八千円の幅で、時間も二十分から七十分、とバリエーションを持たせた。これによって、個別のトッピングメニューをオーダーしてくれるお客さんも20％から60％ぐらいにまで伸びた。

毎週金曜日の始業前には、調髪中の話題づくりのために、それぞれが集めたトレンド情報を発表するミーティングを始めた。

お客さんは仕事の業種も内容も趣味も多種多様なので、調髪中の会話が少しでも広がるように、理容師は日ごろからネタになりそうな情報の収集にも余念がない。ただ、どうしても個人の収集量は限られるので、こうして情報を共有することで、お客さんとの会話のネタが一気に増えるようになった。

「お客さんにメガネをかけてあげるにも、プロのやり方があるんやで。せっかく超音波メガネ洗浄機でメガネをきれいにしても、一度外したメガネを他人が気持ちよくかけ直してあげるのは結構難しいもんなんや」

とのジョーさんのアドバイスに従い、老舗のメガネ店の主人に来てもらって、スタッフ全員に「メガネのかけ方研修」も実施した。

その様子を見て、常連の田島さんが感心していた。

「今、君がやっていることわかるかい?」

「どういうことですか?」

「理容室ってそれほどキャッシュフローに余裕があるわけじゃない。で、従業員の給料と家賃が大きな支出だね。で、その支出である従業員の給料を無駄にせず、手隙の時に顧客満足のための準備に転換する。余剰資源の転換を図るという発想は見事だよ」

オレは、ただ「みんなでやってる感」を出すことを目的にやっているつもりだが、言われてはじめて「余剰資源の転換」ということにつながっていることを知った。

しばらくして、ジョーさんは電話でアポイントメントを入れて定休日の日曜日にやって来た。

ジョーさんの髪を切りながら、そう言えば、オレは放送大学を卒業してから、理容以外のことについての「インプット」をしていないなと気づいた。

「あの……以前、人相を見る天才がいた話をしてましたよね?」

「ああ、水野南北やな。どうしたんや?」

「観相をどう思いますか?」

「以前、君はもう免許皆伝になるくらい人を見てきただろう、と話したが、なんや、観相に興味があるんか?」

「はい。学問として体系立てて勉強したいと思いまして……」

「そうか。学ぶことは大事やからな」

ジョーさんはしばらく考えたあとで、言った。

「昔な、『占いの見てもらい方』ていうのを考えたことがあるんや」

「『占いの見てもらい方』すか? そんなのあるんですか?」

「ないから考えたんや」

「なるほど」

「昔、正月に関西に帰った時、京都の八坂神社に初詣に行ったんや。ほんでな、帰り道、赤穂浪士の大石内蔵助《おおいしくらのすけ》が世間を欺くために酒を飲み倒したという祇園《ぎおん》のお茶屋『一力亭』のそばに占い師がおったんや。で、『見料いくらや?』て聞いたら、『三千円です』言うから、なんかエエ話してくれるかなと思って、見てもらったんや」

「へー、なんて言われたんですか?」

「『大将、今年は耐える時です。今年、耐えれば来年は花が開きます』って」

「前向きに頑張らせようという、いい言葉ですね」

ジョーさんは、じろりとオレの顔を見た。

「あのな、話は続くんや」

「すいません」

「一年頑張って、翌年の正月も八坂神社に初詣に行った」

「はい」

「でな、帰り道、同じ場所に同じ占い師がいたんや」

「見てもらったんすか？」

「そうや。で、なんて言いよったと思う？」

「さあ……」

「あのな、『大将、今年は耐える時です。今年、耐えれば来年は花が開きます』って同じこと言いよったんや！」

「はははははは」

オレは、笑っちゃいけないなと思いながら、つい笑ってしまった。

ジョーさんも、そんなオレを満足そうに見ていた。

「それでな、なんで二年続けて同じことを言われるのか、考えたんや」

「わかったんすか？」

「わかった」

「マジっすか？　どうしてですか？」

「よく考えたら、同じ服を着てた。ジーンズにフリース。その上に着古したダウンジャケット」

「なるほど」

「しかも、両日とも疲れていた。結局、占い師というのはその人の見た目の印象を話す商売なんや、と気づいたんや」

「そんなの占いじゃないじゃないですか？」

「違うんや、それが占いなんや。たくさんの人を見て、その人の印象を話すことを商売にしているんや。だから、君も占いでいいことを言ってほしかったら、きちんとした服装と爽やかな雰囲気で見てもらうんやな」

「なるほど」

「つまり、『自分はこの人にどう見えているか聞いてみよう』と思って三千円払うのが、正しい占いの見てもらい方なんや。そこから自分を見つめ直す手がかりを得るんや。時々、倒産した会社の社長が『占い師の勧めで……』て言い訳しよるが、あれは間違ったやり方なんや。だから失敗するんや」

「はい」

「そんなふうに、どう人を見るか、仮説的な見方を勉強してみる。そういう目的やったら、観相を勉強するのもええと思う」

オレはあらためて、インターネットで調べてみた。

水野南北の観相術を教えてくれる学校を見つけられなかったが、別の流派の学校を見つけ、通うことにした。

最終的には、人に教えることもできる六十時間の講習を受けて「導師」の免状をもらった。でも、技術体系は身につけたものの、本当の修業はこれからだ。水野南北のような観相の達人になるには実践を繰り返して精度を上げる必要がある。

ただ、ここで学んだことは、大いに役立った。例えば、

・左目が大きい人は、感性豊か
・右目が大きい人は、知性豊か
・アゴが卵型の人は、争いごとを好まない平和主義者

などの観相学の知識をもとに、

・（一般的に左右の目の大きさは違うので）髪は、目の大きいほうから分けると明るい

印象に、小さいほうから分けるとクールに見える
・アゴのカタチと頭のカタチを同じようにカットするとバランスがよく見える
・額は隠さずに出しているほうが行動力があるように見える

といったように、どういうヘアスタイルにカットすれば、その人に一番似合う髪型になるかを考えるヒントになった。また、こうした観相についてのネタを会話に織り交ぜると、お客さんも喜んでくれた。
やはり、何でも学ぶことは大切なのだ。それがどこかで結びついて、役に立ってくれるのだ。

髪を切り終わると、「美味しい蕎麦の店を見つけたから行こう」とジョーさんが言い出し、二人で出かけることにした。

新宿駅西口のロータリーを歩いていると、数日前に「ザンギリ」に初めて髪を切りに来てくれた青年がいた。身長百八十センチぐらい、年の頃は二十七、八歳。ひょろっとした丸顔のいがぐり頭で、黒縁の丸メガネをかけており、真面目そうな印象だった。

青年はスーツケースのような箱を抱え、柱の陰でペコペコと頭を下げているのだが、誰に頭を下げているのか、わからなかった。だが、近づくにつれ、状況が見えてきた。どうやらヤクザに締められているようだ。そして、財布を取り出し、お金を渡してい

た。

「ザンギリ」に来てくれたお客さんだし、見て見ぬふりはできないと思った。近くを足早に通り過ぎる人は、誰も青年を助けようとしない。関わり合いになりたくないのだ。それが毎日三百六十万人の人が行き交う大都会、新宿だ。

相手は何人だ？　一人だけだ。こっちは青年を入れると三人。勝てるかもしれない。オレは、ガタイは小さいが、ジョーさんもいる。

「ジョーさん、助けに行きますか？」

そう言って振り向くと、ジョーさんがいなかった。

あたりを見回してもいない！　自分だけ逃げたのか？　ヤクザは青年から受け取ったお金を数えている。

――どうしよう、どうしよう、どうしよう。

知らん振りをしてはいけない。そんな人間になってはいけない。なりたくない。

オレは、その青年とヤクザのほうに向かった。一歩、二歩、三歩。二人がズンズン近づいた。ヤクザがオレを見た。青年もオレを見た。オレは拳を握り、力を込めた。

その時、背後からジョーさんの大きな声が響いた。

「おまわりさん、あいつです。テロリストですよ。間違いないです」

ジョーさんの後ろから走ってくる警察官を見て、ヤクザは慌てて逃げ出した。ジョーさんはオレのところまできて止まり、警察官はそのままヤクザを追いかけて行った。

「どこ行ったのかと心配しましたよ。急にいなくなるなんて、ひどいなぁ」

「こういう時は、知恵を働かせなあかんな」

――メチャクチャするなあ。

ジョーさんは、オレの不満そうな視線を無視して、ヤクザと警察官の追いかけっこを見ながら「逃げる者は追いかける。警察官の習性や」と笑った。

オレたちは蕎麦を諦め、青年と一緒に浦田屋珈琲店に向かった。

青年の名前は高木《たかぎ》秀直《ひでなお》。年齢は三十二歳。

「あれ、ヤクザかな？」

ジョーさんが口を開いた。

「ショバ代を払わされたんですが……でも、怖かったけどそんな悪い人には思えませんでした」

「なんでや？」

「この界隈を仕切っている組の組員だそうですが、『オレにも君ぐらいの娘がいるから、娘から金を巻き上げるような真似はやりたくない。だから、もう勝手にやるな』と言われました」

「ヤクザといえども中間管理職。君からシノギを巻き上げられなかったら組長にどやされるし、きちんとショバ代払ってるやつにも舐《な》められてしまうから困る、というわけやな」

「はい」

「悲しい現実や。あのおっさんをテロリストにして悪かったかな。まあ、警察で照会したらテロリストではないとわかるやろ」

「そうですね」

「ところで、ショバ代って何をしてたの?」

オレは思わず尋ねた。

「靴磨きをしてました」

「靴磨き?」ジョーさんはびっくりして素っ頓狂な声を上げた。

高木さんの手を見ると、指先には靴墨のかすれが残り、爪の先も少し黒かった。

高木さんは親子二代のチェロ奏者で、父親はかなり有名なチェリストらしい。音楽大学でチェロを学び、ドイツに渡って勉強した。だが、現実は厳しく、レベルの高さに圧倒され、挫折。帰国して就職したのが靴会社だった。

二十歳の時、ドイツの「トリッペン」という靴と出会った。ふくらはぎが隠れるぐらいの丈のブーツで、ドイツの靴らしいデザインと履き心地のよさに一目ぼれした。六万円と当時大学生だった彼にはかなり高価だったが、食費を削ってお金を貯め、手に入れた。以来、トリッペンを履き続けている。

さらに不思議な縁で、就職した靴の会社は「トリッペン」の輸入もしていた。その会社で店長にもなったが、サービスで靴磨きをするうちに、汚れた靴をピカピカに磨き上げることに喜びを覚えた。ただ、音楽にも未練があり、会社を辞めてフリーの音楽家として活動を始めた。

だが、靴から離れようと思えば思うほど寂しさを感じ、靴磨きの学校に通った。そこでの卒業課題で、父親の演奏会用の靴を磨いた。自分が磨いた靴を履いて演奏する七十歳過ぎの父親が、カッコよかった。

高木さんも父親のように、音楽一本で食えたらいいと思うが、自信はない。だから、現在は「フリーの靴磨き」をやりながらフリーの音楽家をしている、ということだった。

ジョーさんは、最後まで聞き終わってから口を開いた。

「音楽のことも靴のこともようわからんけど、精一杯やったらええと思う」

高木さんは神妙に聞いていた。

「じつは、アルト・サックスを独学でやってるんや。ここ三年かな」

高木さんがジョーさんを見た。

「チャーリー・パーカーの『ジャスト・フレンズ』という曲を聴いて、これ吹けたら気持ちええやろなと。気がついたら即、ネットで注文や。譜面もロクに読めんのに。でも、管楽器専門店に行ったら、『お客さん、ジャズのナンバーは普通、譜面ないんですよ』って教えてくれたけどな」

――ジョーさんって、なんでもやってみるんだな。

「今でも、吹けるのは『ルパン三世』が精一杯や。ただ、アルト・サックスやって一つ大事なことを学んだ気がするんやけど、いつか音楽家に確かめたいと思っていた」

「なんでしょうか?」

高木さんは興味深そうに尋ねた。

「楽器演奏は、脳みそに持っているイメージ、ビジョン、想念が全てだということ。ミュージシャンは、楽器を使ってそれを物理的に音にして出しているだけ、それまで何を見て、何を考え、何を感じたか、人間性が全て出る、人間性の勝負やと思うんですけど、どう思います?」

高木さんは驚いたように、目をパッチリと見開いて言った。

「驚きました。そのとおりなんですが、初めてです。そういう説明をする人に会うのは」

そう言った高木さんは嬉しそうだった。

その様子を見て、ジョーさんが「ビジョンの話は、経営でも一緒なんやで」と教えてくれた。**経営も結局、経営者が抱くビジョンのとおりにしか具現化しないのだそうだ。**

「うちで靴磨きやらないか？」

オレの口から思わずそういう言葉がポロリと出た。直感としか言いようがなかった。もう一つの自分の世界を自ら用意する高木さんの姿が、オレたちと同じだったからかもしれない。

高木さんは驚いた顔をしたが、オレは一気に続けた。

「お客さんは『ザンギリ』に関係ない人でもいい。料金は君の希望額。店への謝礼も場所代も要らない。その代わり、希望するお客さんの靴は優先的に磨いてもらう。スタッフの靴もたまに磨いてもらう。こういう条件でどうですか？」

まさかの提案に高木さんは喜び、翌日から、夕方になると靴磨きをしに「ザンギリ」に来ることになった。以後、平日の夕方四時～八時限定で、「靴磨きチェリスト」による新しいサービスが始まったのだ。

高木さんが靴磨きを始めてから、店には一層、活気が出てきた。

「ザンギリ」の直接の売上にはならないけれど、サービスを充実させることができたのはたしかだ。理容室に靴磨きサービスがあることを、「ザンギリらしさ」としてお客さんもスタッフも喜んでくれた。

料金は一足千円だが、「ザンギリ」のお客さんは特別価格七百円。十人に一人くらいのお客さんがオーダーしてくれる。

「ザンギリ」は理容業界の内外で、これまでにも増して「新しいことと、面白いことをやる理容室」として知られるようになり、雑誌でも紹介されることが増えた。

そんな頃、理容組合から「講師にならないか」という誘いを受けた。だが、組合の講師になるためには論文を書く必要があった。論文執筆の要領を得ないオレはジョーさんに相談した。

数年前から講師を引き受けている専門学校では学生が対象だが、組合の場合は見習いの理容師が対象で、時にはベテランも来る。専門学校の講師には学校が来てくれと言えばすぐになれるが、組合の講師には一次の書類選考、二次の論文、三次の面接を通る必要があった。組合の講師のほうが色々と手続きを経る必要があったのだ。

論文のテーマは「技術」「経営」「商品」「組合の現状」などがあるが、オレは過去の提出論文を参考に「経営」についてまとめるつもりだった。

「そうやな……理容室の経営とか経済の話で書きたいんやな？」

「はい」

「二つの方向性が考えられる。一つはマーケティングと経営戦略。でも、これは基礎がないから難しいかもな」

「そうですね」

「もう一つは人材マネジメントやろ」

三年以内に70～80％が辞める理容業界の高い離職率にもかかわらず、「ザンギリ」は最初から短期の見習い修業と決めて来た者を除いて、基本的に今まで辞めたスタッフは一人もおらず、離職率ゼロを維持していた。

もちろん、郷里や実家に帰る予定の者はいる。近い将来には店を去る者が出てくるのはわかっているが、それは「離職」ではなくて「卒業」なのだ。

「人材関連にするか？　放送大学で教育を勉強したんやったら、ちょうどええやろ」

ということで、オレは「理容室の人材マネジメント」について論文を書くことになった。とはいえ、論文なんか書いたこともない。

「なんや、自信なげやな。あのな。レポートやプレゼンも同じじゃけど、論文て『型』が決まってるんや。結局、『何を言いたいか』を書いて、『言いたいこと』を書いて、『何を言いたかったか』を書くんや。これを、序論、本論、結論て言うてもいいけど」

「はあ」

「わからんか？　序論、何を言いたいか、では、『まんじゅうが美味しいことを論じたいと思います』、本論、言いたいこと、では、『まんじゅうには皮とアンコがあります。皮は通常甘くなく、単体でも食べられますが、アンコと一緒に食べると、舌の上での食感、美味しさは最高です』、そして、結論、何を言いたかったか、では『各部分、そして全体としてのまんじゅうを考察しましたが、やっぱりまんじゅうは美味しいです』な

論文・レポート・プレゼンには「型」がある

●序論（何を言いたいか）

・序論の序論——世間の人々は、まんじゅうを美味しいと言って食べています。

・序論の本論——まんじゅうが美味しいかまずいかということは、社会の大問題です。

・序論の結論——私は、まんじゅうが美味しいことを論じたいと思います。

●本論（言いたいこと）

・本論の序論——私は、部分の美味しさと全体の視点から、まんじゅうの美味しさを考えてみたいと思います。

＊「部分と全体」は「味、見た目、香り、から論じたいと思います」でもいい。

・本論の本論１——まんじゅうの皮は美味しい。甘すぎず、いつまでも食べられます。

・本論の本論２——まんじゅうのアンコは甘くて最高です。何とも言えません。

・本論の本論３——まんじゅうは全体として皮とアンコが絶妙な世界を作っており、全体としては至福の幸せをもたらすほど、美味しいです。

・本論の結論——まんじゅうは、皮、アンコという各部の美味しさ、そして、全体の調和という全ての観点から美味しいといえます。

●結論（何を言いたかったか）

・結論の序論——ここまで、皮、アンコ、全体において、まんじゅうの美味しさについて考察しました。

・結論の本論——三つの観点から考えても、やっぱりまんじゅうは美味しいです。

・結論の結論——まんじゅうの美味しさを否定することはできません。まんじゅうは絶対的に美味しいです。

んや」

「なるほど」

「これが基本の基本の『型』なんや。わかるか？」

「はい」

「もし、もっと充実した内容にする時は、序論、何を言いたいかをさらに序論の序論、序論の本論、序論の結論に構成する、例えば、序論の序論では『世間の人々は、まんじゅうを美味しいと言って食べています』と言い、序論の本論では『まんじゅうが美味しいかまずいかということは、社会の大問題です』、そして、序論の結論では『私は、まんじゅうが美味しいことを論じたいと思います』と言うんや」

「なるほど」

「本論、言いたいことを書く時は、本論の序論、本論の本論一、本論の本論二、本論の本論三、本論の結論に構成する」

「さらに分けるんですね」

「そのとおり、例えば、本論の序論では『私は、部分の美味しさと全体の視点から、まんじゅうの美味しさを考えてみたいと思います』、または、『「部分と全体」は「味、見た目、香り」、から論じたいと思います』でもいい。本論の本論一は『まんじゅうの皮は美味しい。甘すぎず、いつまでも食べられます』、本論の本論二は『まんじゅうのアンコは甘くて最高です。何とも言えません』、本論の本論三では『まんじゅうは全体として皮とアンコが絶妙な世界を作っており、全体としては至福の幸せをもたらすほど、美味しいです』、そして、本論の結論『まんじゅうは、皮、アンコという各部の美味しさ、そして、全体の調和という全ての観点から美味しいといえます』と言うんや」

「結論も同じように分けるんですか？」

「そうや、結論、何を言いたかったかについては、結論の序論で『ここまで、皮、アンコ、全体において、まんじゅうの美味しさについて考察しました』と言い、結論の本論では『三つの観点から考えても、やっぱりまんじゅうは美味しいです』と言う、そして、最後に、結論の結論。『まんじゅうの美味しさを否定することはできません。まんじゅうは絶対的に美味しいです』と書く」

「本論の本論だけ三つに分けましたね？」

「そのとおり、そこがこのレポートの肝やからな」

「なるほど」

「わかったか？」

「はい、ありがとうございます」

論文の主な内容は、「ストレスの軽減策の実施」「モチベーションの向上策の実施」「PDCA化」「ビジョンの提示」「キャリアトラックを意識した給与体系」とした。書いてみて、今までジョーさんのアドバイスどおりやってきたことが、専門的な考え方ではこのようになるのだなと思った。

論文は講師認定をパスしただけでなく、理美容機器の大手メーカーが主催するコンベンションで人材マネジメントについて講演するきっかけにもなった。

ジョーさんの論文執筆法は、講演やプレゼンにも使える優れものだった。

ジョーさんはいつもこの調子だった。ポーンとやるべきことを投げてきて、それをやってみると花開く。そんな感じだった。

コンベンションでの講演の報告をすると、ジョーさんは嬉しそうに「よかったな、これで君は理容業界のメインストリームに入った。これからは業界が君を育てようとするやろう、そのまま突き進め」と言ってくれた。

実績の変化（月）
- 来客数　880人→960人
- 稼働率　50・3%→54・9%
- 売上　556万円→563万円

「寒い冬には純豆腐《スンドゥブ》が美味しいな」

髪の毛を切っているとジョーさんが呟いた。出会って八年目の冬のことだ。

「新大久保《しんおおくぼ》に行きますか？」

ジョーさんの髪を切り終え一緒に新大久保に純豆腐を食べに行った。インターネットで美味しい店を発見したらしい。新大久保は大きなコリアンタウンで、活気があった。

その日、ジョーさんは手に英語の本を持っていた。

「やっぱり英語できたほうがいいですか？」

オレもジョーさんのように英語が使えたらなと思った。最近、高校の同級生でパリの高級ホテルで寿司職人をしている谷村から楽しくやっている、先日はイギリスの溝辺がパリまで遊びに来てくれたという連絡が入ったし、「海外で一旗あげたい」と師匠の大下さんの紹介でドイツに渡った「オオシタ」の元店長・香西《かにし》さんも現地で自分の店を出すという話が聞こえてきて、オレだけ日本に取り残されているようで、羨ましかったのかもしれない。

「君も、英語、勉強したいか？」

ジョーさんは単刀直入だった。

「はい」

「英語の勉強は基礎徹底や。日本の英語教育を悪くいう人がいるけどな、そんなことない。中学英語から徹底的にやり直したら、英語はそんな難しくない」

ウエイターが持ってきた純豆腐をジョーさんは「美味しい、美味しい」を連発しながら食べた。

「どうしてですか？」

「韓国料理てなんで旨《うま》いんかな、と思って調べたことがあるんや」

「やっぱりな、ピリ辛って癖になるんや」

「癖っすか？」

「そうや。勉強も一緒やな。学ぶ、インプットするというのは癖になる。癖になったらこっちの勝ちや」

たしかにオレは、ジョーさんに出会ってから、ずっと学びながら、それをエネルギーというかリズムというか、支えにしながら頑張って来たように思う。

「前にも言ったように、手順を踏んだら、英語もそんな難しくない。英語の構造をよく理解しておくといいかもな」

「英語の構造、ですか？」

「そう。これを最初に教師が教えないから、日本人は英語が苦手なんやと思う」

ジョーさんの説明は次のようなものだった。

そもそも言語というのは、単語を並べたものにすぎず、その単語には「発音」と「意味」と「綴り」がある。たとえば日本語なら、I love you. を「私はあなたを愛しています」と訳すが、「あなたを私は愛しています」という語順でも構わない、極端な話「私愛していますあなたを」でも、読点は打ちたくなるが、意味は理解できる。

でも、英語の場合は、語順を変えると意味が変わってしまう。

You love I.（本当は I は目的格になって me となる）とすると、意味や内容がガラリと変わり、「あなたは私を愛している」になってしまう。

日本語は、「は」「を」のような助詞がその単語の文中の役割を教えてくれるので、順序が変わっても意味が通じるが、英語には「助詞」がない。その代わりに、単語の並びの「位置」ごとに役割が決まっている。

「結局、英語は語順の言語なんや。そして、語順の並びも無数にあるわけではなく、たった五つ。五つの文型しかない」

第一文型　I run.（S＋V）　私は走る
第二文型　I am beautiful.（S＋V＋C）　私はキレイ
第三文型　I play tennis.（S＋V＋O）　私はテニスをする
第四文型　I give my mother flowers.（S＋V＋O＋O）　私は母に花をあげた
第五文型　I saw a bird flying.（S＋V＋O＋C）　私は鳥が飛んでいるのを見た

S：主語 V：動詞 O：目的語 C：補語

「基本はこれだけ。これが背骨。それを押さえておいた上で、家庭教師をペースメーカーにして中学校の参考書を徹底的に復習したら早い。中学の英語で文法の基本はカバーできるけど、教科書には文法の説明が書かれてない。せやから参考書がええんや」

「なるほど」

「それで、中学校の教科書の精読、音読の徹底。教科書はシンプルに英文だけ用意してあって、しかも基礎を学ぶための文法や文型が考え抜かれているから音読にはピッタリなんや」

「音読すか？」

「音読は大事。結局、英語はスポーツやからな」

「スポーツ？」

「ボクシングでも、パンチの出し方は誰でも何となく知ってるやろ。大切なんは、練習、練習、練習。それで脳みそに覚え込ませるんや」

「そういうことすか」

「それやりながら、単語をゴリゴリ覚え、書いて、話して、直してもらう。そのあたりで、オンライン英会話で徹底的に訓練開始。最近は、値段もリーズナブルになったからな」

「へー」

「それで英語の映画を見まくる。この時、大切なんが選択と集中や」

「選択と集中すか？」

「『選択と集中』は前にも教えたやろ。英語を学ぶ時の『選択と集中』はネットフリックスかなんかで、シリーズものの映画の同じキャラクターの英語だけを追いかけるんや。声、話し方、癖。同じ話し方をするように脚本家も意図して書くやろから、口語表現を身につけやすいんや」

「なるほど」

「こんな感じでコツコツ進めたら、一とおり英語はできるようになるやろうな。ただ、継続できるかどうかが問題やな」

「そうなんすよね」

「最近、学資が続かなくて専門学校を中退した青年の面倒を見てる、最近、そいつも放送大学に入りよった、君の後輩や」

オレとの出会い方から考えてもジョーさんらしい行動だなと思い、驚かなかった。

「そいつにこの半年で、高校までの英語を全部復習させたんや。文法はそれなりにできる。そいつにバイト代払ってペースメーカーにつけたらいい。やっぱり続く仕掛けをまず作らなな。それに、教えることはその青年のためにもなる。本人にとっても、金をもらって教えるのはじつは最高の勉強の仕方なんや」

「へー」

「あとな、英語を覚えるコツは自分のことだと思える例文で覚えることなんや」

「自分のことですか？」

「そう。若い人なら恋愛の話がいい。例えば君が告白する。そしたら相手は『Let me think forever.』と答える。『Let me think.』で『考えさせて』、『forever』は未来永劫《みらいえいごう》ていう意味や」

「うわ、フラれたってことですか？」

「『永遠に返事はせずに考えさせろ』て言うてるんやから、まあ、そういうことや」

「心に沁《し》みます」

「ええ言葉や、心に沁みる例文は絶対に覚えられる」

「他にどんな例文があるんですか？」

「インド人は牛肉を食べないって知っているか？」

「聞いたことあります」

「そのインド人が『あなたは牛肉を食べますか？』と尋ねたら君はなんて答える？」

「『はい、食べます』です」

「そやな、その『はい、食べます』はきっと昨日も、明日も牛肉食べる感じやろ」

「はい」

「それが英語の『現在形』の根本的ニュアンスなんや。教科書的には『地球は丸い』という、昔も今も、将来も変わらないことをあらわす『不変の真理』というんやけど、『現在形』の基本のポジションがさっきの『はい、食べます』なんや」

「なるほど」

ジョーさんに英語の授業をしてもらえるとは思わなかったがわかりやすくて面白い。

ジョーさんは続けた。

「『昨日、ジョーさんは新宿で美人の女性と歩いていましたね。彼女ですか？』と君が尋ねる」

「はい」

「『彼女は昔、彼女だった』と言ってため息をつき遠くを見つめる、どや、映画的やろ？」

「本当ですね」

「これは、過去はそうだったが、現在は違うと言っている、この『現在は違う』というところこそ過去形の根本なんや」

これほどスパスパと頭に入る説明は初めてだった。

「この例文作りはその青年の勉強にもなる。人に教えようと思うと、自分が相当わかってなあかんからな。こんな感じで文法を説明するように言うといたる。ところで、シュリーマンって聞いたことあるか？」

「シュリーマンすか？」

「考古学者で、子どもの時に読んだギリシャ神話に出てくる伝説の古代都市トロイアを発掘するために、まず商売で成功して大金持ちになって、その後、実際に発掘して存在を証明したというとんでもないドイツ人や」

「へー」

「シュリーマンが商売で成功したんは、語学の天才で二十ヶ国語くらい話せたから、と言われている」

「そうなんすか？」

「うん。シュリーマンはひたすら音読して言葉を学んだんや。自分が勉強している外国語なんかチンプンカンプンでなんにもわからんヤツに『金払うから、そこに座ってろ』と言って、そいつに向かってひたすら音読して聞かせよったんや。聞いてくれる人がいると、一人で勝手に音読するより緊張感が生まれて効果抜群。そして、続けられるんや」

「へー」

「お金を払うことにしたら相手とのコミットメントが生まれて続くんや。たった一人でやらず、誰かとやるのも続く秘訣《ひけつ》になる。相手もお金もらえるから、長く続くように愛想ぐらい振りまくやろ。そしたら、味気ない語学学習も楽しくなる。せやから、とりあえずそいつを雇ってみたらええと思う」

「わかりました。やってみます」

「英語がある程度できるようになったら、大学院に行け」

「オレがすか？」

「そうや」

「行ったほうがいいすか？　オレ、理容師ですよ？」

「あのな。日本の理容業界を愛してて、何とかしたろと思うてるんやろ？」

「はい」

「それって、日本の理容業界の指導者、リーダーになろうってことやな」

そう言われ、当初は「ザンギリ」を繁盛店にしたいという程度の目標しか持っていなかったが、もう少し大きなもの、日本の理容業界の指導的役割を果たしたいと思っている自分に気づいた。

「それやったら、大学院ぐらい出ててもいい。修士号だけでなく博士号を持っててもいいと思う、多分、ネックは英語だけやろ、英語ができるようになったら入れるで」

「でも、オレ、何を勉強したらいいんすかね？」

「大学研究者の知り合いによると、教育の分野で注目されているのが『徒弟制の研究』や」

「徒弟制すか？　ドイツのマイスター制度みたいな？」

「そうや。学校制度ができてから長い間、徒弟制は否定されてきたけど、学習とは結局、社会参加のプロセスではないか、だとしたら徒弟制こそ実は大切な教育であると、見直されているんや。君みたいに徒弟制の世界にどっぷり浸《つ》かって生きてきた人は珍しい。見方を変えたら、君は歩く研究資料や」

「それって、オレの強みってことですよね」

「君の理容師としての経験が活きる。研究者自身は徒弟制の世界にいないから、大学院で引き受けたい先生を見つけるのは難しくないはずやで。学ぶことは大切や。**好きなことを必死で学んだらいつか必ず花が咲き、あとで活きてくる**」

「でも、どうして、好きなことを勉強しておくと、必ず花が咲き、あとで活きてくるんですか？」

「それは、そんな難しいことやない。結局、いろんなことやっても全部、一つの脳みそ、一つの意識、一つの心、一つの個性、一つの人生経験やから、みんなつながってる。当たり前言うたら当たり前。普通のことやろ」

ジョーさんのアドバイスに共通しているのは、経験であろうと大学であろうと資格であろうと、「学ぶこと」「インプット」を考え抜いて戦略的にさせていることだとオレは思った。

「ジョーさんは学ぶことを重視しますね」

「既に得意なことがあればそれを活かすけどな。基本的に人間は、経験であれ、勉強であれインプットせな話にならんやろ」

「そうすね」

春になった。ジョーさんに出会ってから九年目のことだ。

「ザンギリ」のスタッフは毎日閉店後、そして、定休日にも店に来て春のＨＣＡのコンペに向かって技術を磨いていた。

そんな春の日曜日の昼、ジョーさんが「ザンギリ」にやってきた。スタッフは翌日に控えたＨＣＡのコンペの最後の準備をしていたが、店に入ってもらい、オレは髪を切った。

準備に余念のないスタッフを見て、どこか嬉しそうだった。

「あれ、みんなお揃いなんか？」

ジョーさんは、入口のカウンターに積まれたロゴ入りの真っ赤な大会出場用スタッフ

Tシャツを目ざとく見つけた。

「ええ感じやな」

「ザンギリ」では毎年夏に、新しいアロハをスタッフに用意する。「みんなでやってる感」が高まるし、単純に楽しいからだ。

今回、HCAの大会に出るにあたっても、高校や大学のサッカーとか陸上の常勝軍団のような存在感を出したい、とお揃いの赤いTシャツを用意した。

それぞれのスタッフに人生の主人公になってもらいながら、チーム「ザンギリ」の一員として頑張ってもらう。いや、ノリで楽しんでもらうことを心がけてきた。それが、ここまで「ザンギリ」を発展させた最大の要因だったのではないかと思う。

数日後、「ちょっとドトールへ」というメッセージがスマホに入ったので、オレはドトールへ向かった。

「このあいだ、大会の準備風景を見せてもらって新しいことを思いついた」

「何ですか？」

「前にチェロ奏者の高木くんと想念の話をしたの覚えているか？　音楽家はこんな音楽を奏でたいというイメージ、ビジョン、想念が全てやいう話」

「はい」

「つまりな、理容も楽器演奏と同じやということや。こういうふうにお客さんになってもらいたい。こういうふうにお客さんの髪を切りたい。そういう気持ちが、腕、指先、ハサミや剃刀を通して、お客さんの髪、頭皮、肌から心に届いていく」

「理容も音楽と一緒だということですね」

ジョーさんは嬉しそうな表情になった。

「ところで、新渡戸稲造《にとべいなぞう》ってわかるか？」

「いや……」

「お札《さつ》にもなった、『武士道』を英語で書いて、世界に紹介した偉大な教育者や」

「へー」

「その新渡戸が『小さいとき髪をといてくれるのも、ほかの人がすると痛いが、母親だと痛くなかった。ここに自然な無理のない母の愛がある』と言うてる。つまり、理容も、母が子に対する思いと同じやと思うんや。お客さんへの思い、愛情が大切なんや。つまり、髪を切る、顔剃りする、髪を洗う……全てのサービスを通じて、お客さんへの愛情を伝えることがほんまの仕事ちゃうかと思うんや」

「なるほど」

「それを、いろんなカタチで頑張ってきたから『ザンギリ』は快進撃を続けてきた。ほんでな、大事なんはここからや」

ジョーさんは力が入ってきた。

「君、〝床屋談義〟って聞いたことあるか？」

床屋談義とは、昔の理容室で行われていた政治や世相についての世間話のことだ。

「あれの現代版をやれ」

「どういうことですか？」

ジョーさんが提案してくれたのは、次のようなことだ。

たとえば、「今度の選挙の支持、不支持」「好きなブランド」などについて百人のビジネスマンに、「Ｙｅｓ／Ｎｏ」「ランキング」などのシンプルな形でリサーチして、発表するという仕掛けだ。実施は二、三日もあれば十分できる。

「一つのテーマについてのお客さんとのコミュニケーションを調髪中の雑談で終わらせず、社会に還流させる。これはきっと、新しい理容室のあり方を提示することができる。**雑談から新しいビジネスチャンスが生まれてくるんや**」

オレはジョーさんのアドバイスに従い、「政治家髪型診断ブログ」を続けることで「政治家髪型評論家」となって自分のカテゴリーを作り、圧倒的な一番、第一人者にしてもらった経験がある。だから、ジョーさんの辣腕は理解しているつもりだし、信用しているのだが、今回の提案ばかりは、具体的には理解できなかった。それでも言われたとおりやってみた。

「Q．平均睡眠時間は？　二時間1人、三時間6人、四時間4人、五時間24人、六時間45人、七時間12人、八時間8人、結果：六時間が45％でトップ」

「Q．平均ランチの予算は？　0～499円3人、500円～16人、600円～7人、700円～11人、800円～20人、900円～4人、1000円～33人、1001円～4人 結果：金額はバラけるが、年齢が高いほど予算もアップする」

「Q．ポイントカードは何枚持っていますか？　結果：平均七枚」

こんな感じだった。当たり前のことしか思いつかなかったけどこういうデータは当たり前のことが大切なんだと思った。

ホームページに専用のページを作り、集計用紙の写真と一緒に発表した。

スタッフも面白がり、お客さんも喜んでくれ、コミュニケーションのキッカケになった。やり始めて半年ぐらいで業界紙に「ザンギリの理容談義」は紹介された。

業界紙に紹介された後で、ジョーさんはオレに言った。

「あのな、ザンギリで成功させた後、『理容談義』を日本中の理容室でやってネットワークで結ぶ。そして、理容室のネットワークそのものを『メディア』にするんや。そう

すれば理容業界は根本的に変わる、それを君が理容業界の指導者になった時にやっての
けるんや」

正直なところ、今はまだ、アンケートを百人に実施してデータを集計し、その集計結果が捏造《ねつぞう》でないことがわかるように写真に撮ってアップロードするだけだ。しかし、ジョーさんによるとそれでいいのだと言う。

本当に新しいことは、小さな規模で実験的に手作り感丸出しで始まるのだという。政党の支持率やブランド認知などの〈定量調査・定性調査〉は、マーケティング会社がウエブやアンケートを使って行うが、相当なお金がかかるらしい。

だから、「理容談義」を続けていれば、お金を払ってもその仕組みを使わせて欲しいという大きな企業が必ず現れるだろう、とのことだった。

そして、将来、オレが理容業界の指導者になり、他の理容室とも連携して横断的にスケールを大きくすることができれば、今の「西新宿のビジネスマンはこう感じている」というニッチな情報から「国民はこう感じている」という大きな情報の発信に変えることができる。

そうすれば、業界全体の収入増、そして最終的には顧客サービスの充実につながる可能性がある、とのことだった。

オレには正直、壮大すぎて、よくわからなかったが、「そのままやってたら、誰かが

また連絡してくる、次に発展する。だから、そのまま突き進め」とジョーさんは笑った。

実績の変化（月）
・来客数　９６０人↓１０２０人
・稼働率　54・９％↓58・３％
・売上　５６３万円↓６０１万円

第6章のキーワード

【バリュー・プロポジション】

顧客に提供する価値の組み合わせ。製品やサービスのメリット、自社の存在価値や独自性を顧客に伝え、その価値を高めること。


【エバンジェリスト】

最新テクノロジーをユーザーに向けてわかりやすく解説し、啓蒙《けいもう》を図るのが主な任務。外資系IT企業の日本法人において、講演やセミナーでプレゼンやデモンストレーションを行う役職としても存在する。


【OEM／original equipment manufacturer】

相手先ブランドで販売される商品を製造する企業。納入先の企業は、工場を持たなくても自社のブランドによって製品を販売でき、OEMメーカーも、納品先のブランド力を利用して販売量や製品力を向上できる。


【オーケストレーター】

独立した企業が新たなバリューチェーンを構築・運営し、全体の価値を高める方法。例えば、パソコン販売のデルは、受注生産方式を採用し、部品メーカーの組織化や業務のアウトソーシングなどで効率的なシステムを構築している。


【定量調査・定性調査】

マーケティング調査には、人数や割合など明確な数値や量による「定量データ」で情報を把握するためのウェブ調査などの「定量調査」と、ディスカッションしたりインタビューしたりすることで新しい理解やヒントにつながる「質的データ」を得る「定性調査」がある。

第7章

ジョーさんのこと

桃栗三年柿八年とは桃と栗は実を結ぶのに三年、柿は八年かかるという意味だが、その翌年、ジョーさんに出会って九年の夏ということで実質八年頑張って一つ大きな果実ともいうべき決心をした。

オレは、「ザンギリ」の改装をすることにしたのだ。

オレは理容室「ザンギリ」の二代目に生まれ、子どもの頃からずっと理容師になることに決めていた。それを疑ったことは一度もなかった。だからこそ、毎日、頑張って来た。

そして、ジョーさんのアドバイスに従いながら、理容業界の常識を覆すようなアイデアを次々と繰り出し、お客さんに喜んでもらい、集客を増やし、メディアでも「ユニークな理容室」として取り上げられるようになった。

長年の願いだった「繁盛する理容室」がようやく実現しつつある。

斜陽化しつつある理容業界を少しは盛り上げられた、という自負もある。

そうなった時に、「空間」の老朽化が目に付くようになってきたのだ。

両親がオフィスビルの地下一階に開いた店舗は、創業四十年。当初真っ白だった壁や天井はすすけ、床も傷だらけ、バーバーチェアは昔ながらの前かがみ式、スタッフ数が増えたことによる動線の悪さ……。「ザンギリ」のさらなる発展を実現させるには、こうした理容室の「空間」をどうしても一新する必要がある。

この改装は単なる改装ではない。親父もお袋もまだ元気だけれど、オレが新しい主《あるじ》になるということだ。「ザンギリ」がオレの店になる、ということなのだ。

改装には、一ヶ月を要した。

壁や天井は、リラックスできるようなクリーム系の落ち着いた色合いにした。

床は、ナチュラル感を出すために木目調のタイルにした。

バーバーチェアも高級なものを入れた。洗髪は前かがみ式のところが多いのだが、全て仰向けのタイプにした。お客さんが眠っていても洗髪できるし、スーツやワイシャツを誤って濡らす可能性も少ない。スマホの充電もできるようになっている。

チェアとチェアの間にはブラインド式の間仕切りをつけて、個室感を醸し出した。

照明は全てLEDにしたが、チェアの上だけは白熱灯で温かみを出した。

店内のどこにいても臨場感のある音が楽しめる波動スピーカーも設置し、昼間はクラシック、夜はジャズを流すようにした。

「ジョーさん、店を改装しました！」

新しくなった「ザンギリ」を見てもらいたくてジョーさんに電話をすると、「おめでとう！」と喜んでくれ、翌週、来てくれた。

だが、満足そうに店を見回したあと、「順調やな」とジョーさんはそっけなかった。

髪を切っている間も何か考えごとをしているようだった。ジョーさんは長く溜め込んだ思いを吐き出すように言った。

「最近な、目標達成困難度関数というのを発見したんや」

「なんすか、その目標達成困難度関数って？」

「つまりな、『目標達成の困難さは、達成のために説得しなければならない人の数の二乗に比例する』ということや」

自分一人でできることなら、説得しないといけない人は0人だから0の二乗で、困難度は0。1人説得しなければならないなら1の二乗で困難度1。2人なら2の二乗で4、3人だと9……ということらしい。

「ということはな、説得する人が増えれば増えるほど目標達成が困難になってしまうということなんや」

「なるほど」

「この理論を聞いて『そんなん当たり前やろ』っていう奴いるけどな、この理論が効くのは、二手、三手、いや、四手先を考える時に役立つ、こっちに進んで、次はあっちと『目標達成困難度関数』を意識しながらできることをやっていくんや」

ジョーさんはオレの顔を見ながら言った。

「これが『外堀を埋める』という考え方の現代的解題なんや、わかるか？」

オレは何か凄いことを聞いたような気がしたがジョーさんは構わず続けた。

「君はこれから店も増やし、従業員も増えるやろ。でな、今までは自由にできる『ザンギリ』というホームでの闘いやった。でもな、理容業界で指導的な立場になるにしたがって、多くの人を束ねないといけなくなる。そうすると問題がどんどん出てきて、目標達成もどんどん難しくなる。でもな、この関数を意識しながら**絶対に自力でできることを探し出して積み上げていくんや。そしたら、そこから全体が変わってくるんや**」

「はい」

その夜は珍しく、オレとジョーさんは喫茶室ルノアールに出かけた。席も広く、落ち着いて話を聞くのにいいと思ったからだ。

「ありがとうございます。ジョーさんのおかげで『ザンギリ』も随分成長しました」

オレは頭を下げた。

「いいや、まだまだ。ここからや」

「ここから、どんなことを目指してやっていけばいいでしょう？」

「あのな、不易流行って言葉を知ってるか？」

「ふえきりゅうこう、すか？」

「**『不易を知らざれば基立ちがたく、流行を知らざれば風新たならず』**——**本質を忘れ**

ず、かつ新しいものを取り入れながら、常に新しいものに変わり続ける。そういう意味や。俳句に対する松尾芭蕉《まつおばしょう》の大切な理念や」

「そうなんすね」

ジョーさんはじっとオレの顔を見た。

「前にマクドナルドで教えた言葉、覚えてるか？　『心眼を開け、凡眼には見えず、好機は常に眼前にあり』、藤田田や」

「はい」

「心眼、開いてるか？」

オレはあたりをキョロキョロと見回した。

「あそこに置いてあるスキャナー」

「なんすか？」

「流行を知らざれば風新たならず……あれな、名刺読み取り専用のスキャナーや。客が手持ちの名刺を勝手にスキャンして、自分のスマホやパソコンに取り込めるんや。今、カフェやシェアオフィスなどで、普及しつつある」

「へー、そんなもんがあるんですか。オレたち、お客さんから名刺をもらう機会があまりないから、気づきませんでした」

「ビジネスマンはあちこちで名刺を配ったり、もらうのが仕事や。でも、たいていのビジネスマンはもらった名刺をそのままにして名刺入れがどんどん膨らんでいく。だから、こういう店でまとめてスキャンしてデータ化できれば、一気に名刺整理ができる。スマホにアプリを入れておけばカメラでも取り込めるけどな、いろんなとこに専用のスキャナーが置いてあると便利なんや。でも、おそらく、理容室で置いてあるところはまだないと思う」

「じゃ、『ザンギリ』に設置したら、理容室第一号になりますね」

「そういうことや」

「でも、メーカーが理容室を設置スポットにしてくれますかね?」

「企業はいつも三つのことしか考えていない。それは『メリットは何か?（いくら儲かるのか?）』『コストはどのぐらいか?』『リスクは何か?』なんや。だから、企業にアプローチする時はこの三つの疑問に応えられる要素を用意するのが秘訣や」

そこでオレは、サービスを提供している会社に、三つの疑問に応えられるカタチでメールを書いた。

・メリット――ユーザーの獲得につながり、理容室という新しい展開例になる
・コスト――スキャナーの貸し出しだけで、それ以外の費用は一切かからない
・リスク――「ザンギリ」は家族経営の店で信用があり、借金もリスクもない

すると、担当者から「これまで理容室では展開していないのですが、特例としてお願いできますか？」と連絡があった。ザンギリはこうして、「名刺読み取りスキャナー」を設置する日本で最初の理容室となった。

ジョーさんに御礼の電話をすると、「不易流行のチャンスは技術にある。常に心眼を開いて好機を見つけることや」と言ってくれた。

ジョーさんに出会い九年目の秋になった。

しばらく姿を見せなかったジョーさんが、三ヶ月ぶりにやって来た。

店に入るなり、「今日は天津甘栗も焼き芋もないんや」と笑った。

カウンター脇の専用スキャナーを見て、「どうや、お客さんは使ってくれてるか？」と尋ねた。

「まだです」

「そうか……」

オレは今までの経験から、お客さんが新しいサービスを認知し、喜んで利用してくれるようになるまでにはしばらく時間が必要だということを知っていた。

「床屋談議はどうや？」

「爆発するまでには、もう少しかかりそうです」

「そうか。でも、もうすぐ、爆発する。継続は力なりやで」

「そうですね。じつは、報告があるんです」

「どうした？」

「調髪料金を変更しようと思うんです」

「あのな、価格の変更はいつも『価格を改善する』と言わなあかんて覚えたらいい」

「え、『価格を改善する』ですか？」

「そうや、価格が提供している付加価値に対して適正でないから変更するんやろ、そしたら『改善』やないか。**提供している価値に対して**という部分を忘れたらあかんのや」

「はい」

「それで、下げるんか？」

「いえ、上げるんです」

コーヒーを飲みかけたジョーさんの手が止まった。

「今、座席の稼働率、どのぐらいや？」

「60％ぐらいです」

「へー、信じられんな。そんなに改善されたんか。最初の30％から倍増やな。業界では奇跡的に最強の部類やろ」

「オレの知るかぎりでは」

「今日、彩ちゃんが髪切ってくれたやろ。サービスが本質的に変わったと思ったんや」

「どこでですか？」

「洟《はな》を軽くスッた時に、すかさず『ティッシュ出しましょうか？』て言うてくれたんや」

「そう指導してます」

「それはわかる。ついにここまできたな、そういう感じがしたんや」

「ありがとうございます」

「トッピングメニューの利用率はどんなもんや？」

「60％ぐらいすかね？」

「そんなあんのんか」

ジョーさんは嬉しそうだった。

「価格を上げた場合の反応は、お客さんにヒアリングしました」

ジョーさんには「価値に価格が付くんや。だから価値を考えろ。そして、価値と価格はお客さんにしかわからない。コストからでもなく、他の店やサービスとの比較から価格が決まるわけでもない。全てはお客さんが見出す価値で価格が決まるんだ。そのためには、マーケティング調査するしかないんだ」と口を酸っぱくして指導されていた。

「で、幾らにするんや」

「四千七百円です」

「二百円アップか？」

「はい」

「価格アップをイヤがるお客さんは？」

「ほとんどいませんでした」

「そうか……」

ジョーさんは一瞬、黙ったが、表情は微笑んでいた。

「よかったな、奇跡やで。物価が継続的に下がり続けるデフレの時代に、君がやろうとしていることの意味わかるか？」

「なんとなく……」

「これは、大変なことなんやぞ。本当にわかってるか？」

「はい」

嬉しさがこみ上げてきた。

「理容業界の低迷にも負けず、繁盛する理容室ができたな。マイケル保田の予言にも一矢報いたわ。これで、ミッション・コンプリートやな」

満足そうな表情を浮かべるジョーさんに、オレは思い切って言った。

「聞きたかったことがあるんです」

ジョーさんは怪訝そうな顔をした。

「どうして、オレをずっと応援してくれたんですか？」

それこそ、オレがずっと心の中に持ち続けていた疑問だった。

コーヒーを一口飲んだあと、ジョーさんは口を開いた。

「いろんな答え方ができるけど、一言で言ったら、それは運やな」

「運ですか？」

「そうや」

「知り合いの漫画編集者が、『伝統的に日本人は、強いヤツにやっつけられている者が頑張って見返す、という話が好き。理想的にはアメリカからやって来た強いヤツをぶっ叩くのがいい』て教えてくれた」

「へえ」

「その〝強いヤツ〟の見本が『企業戦略の時代』のマイケル保田や。まあ、仕事でやられた経験もあったしな、で、強いヤツにやっつけられているの誰かおらんかなと探している時に、たまたま、理容師の君が助けて欲しいと申し出てきた。正直、ビックリした。何しろ、マイケル保田がボロクソ書いてたコテコテの組合の理容師が『何とかしてください』と自分から来るんやから。飛んで火に入る夏の虫やろ」

「そうだったんですか……」

「じつは君に出会った頃、若い連中に何人も無料でアドバイスしてたんやけど、みんなどっかに逃げて行きよった」

「でも、どうして人を助けるのですか？」

ジョーさんの表情は珍しく一瞬暗くなった。そして、一瞬考えた後、口を開いた。

「僕には素晴らしい脚本を書いて、素晴らしい映画を作りたいという夢がある」

「はい」

「でも、ある事件に巻き込まれ、心が傷つき破壊され話を書けなくなったんや」

「事件ですか？」

「理由もなく、突然、無差別に殺されかけた。だから、心の傷が癒えるまでは夢を持つ人を応援しようと決めた。それが俺の命の正しい使い方やと思うから」

初めて聞くジョーさんの境遇にオレは何と言っていいかわからなかった。

どんな事件だったのか尋ねようと思ったら、ジョーさんは話を変えた。

「君には、言われたことをそのとおりやってみる素直さがあった。彼らにはその素直さがなかったから、成果を出す前に逃げ出したんや」

「素直さですか」

「うん、そうや」

ジョーさんは繰り返した後、少し考えて続けた。

「もう一つあるとしたら、『カミに見放されし者は、そのウンを自らの手でつかめ』や。結局、君は諦めなかった、自分で何とかしようと思ってたからやと思う」

「諦めなかった……」

「今どき、諦めないヤツに出会うのは難しい。ちょっとやって、すぐに諦めるヤツばっかりや」

そういう言い方をされたことはなかったが、言われてみれば、たしかにオレは諦めなかったと思った。

ジョーさんは真面目な表情になった。

「で、次はどこを目指すんや？」

どこを目指すと言われても、答えはなかった。

「わからんか？」

「すいません」

「人材育成や。人材育成をするんや。今までになかった君なりの『ザンギリ』流の理容の学校を作るんや、他の学校で基礎を学んだ人が来る。単に理容技術を教えるのではなく、経営も含めてトータルに理容を教える学校や。大学院でも勉強し、英語も覚え、海外からも生徒を受け入れ、『ザンギリ頭を叩いて見れば文明開化の音がする』と言われた輸入から始まった日本の理容を、今度は人材とともに海外に輸出するんや」

「そう言われて、ずっとぼんやりと持っていた『オレの夢』を思い出したんすよ」

「なんや？」

「実は最初の見習いの雅志があと三年したら山形に戻りたいと言いだしたんです」

「それで？」

「店を繁盛させるのもいいけど、全国に散らばるザンギリの卒業生を訪ねて一緒に酒を飲みたいなと」

「わかるか？　そういうことや」

ジョーさんは嬉しそうに笑った。

実績の変化（月）
・来客数　1020人→1030人
・稼働率　58・3％→58・9％
・売上　601万円→631万円

それからジョーさんをしばらく見かけなかった。再び、見かけたのは、随分経ってから。たまたま渋谷で立ち寄った喫茶店だった。

「あのな、君な。脚本家になりたかったら、まず人生経験を豊かにすることやで。マグロ漁船に乗ってこい！」

「え、マグロ漁船ですか？」

「君、言われたことを素直に聞くて、言うたんちゃうんか？」

「はい……」

「君、しゃあないな、根性のない奴は、イワシやイワシ、せめてイワシ漁船に乗れ……」

ジョーさんはオレには気づかず、青年をつかまえて怒鳴っていた。

ジョーさんは相変わらずだった。

それからジョーさんの姿を見ることはなかったが、それから何年も経ったあと地下鉄サリン事件のその列車のその車両に乗り合わせ、危機一髪で生き延びた被害者が映画を作ったと言う噂を常連の田島さんから聞いた。田島さんによるとその監督はジョーさんではないかとのことだった。

その時、ジョーさんのフルネームの「空野錠」と「レインメーカーのジョー」と自分で呼んでいたことを伝えると、田島さんは感心したように言った。

「空野錠というのはよく考えられたペンネームだね。空野錠は『空の錠』『空の鍵』という意味で、『それを開くと雨が降る』、だから『レインメーカー』なんだよ」

「空野錠がペンネームだったんすか」

「多分ね。ところでレインメーカーってどういう意味か知ってる？」

「いえ」

「雨乞い師、つまり、必要であれば雨をも降らす、奇跡を呼ぶ人のことなんだよ」

その時、全てがわかった気がした。ジョーさんは奇跡を起こそうとしているのだと。

そして、オレがジョーさんに出会えたのは奇跡なのだ。

いや、生きていることだけでも奇跡なのだ。

その奇跡を大切にして欲しいからジョーさんはオレを助けたのだと。

あとがき

この物語はフィクションとして書いているが、西新宿の「ザンギリ」は実在する理容室であり、その奇跡ともいえる成功もまた事実である。

「やってみせ、言って聞かせて、させてみて、ほめてやらねば、人は動かじ」は山本《やまもと》五十六《いそろく》の言葉であるが、このフィクションを書くために、まず理容室「ザンギリ」に成功してもらう必要があった。

荒唐無稽な私の経営施策を素直に実施してくれ、ノウハウの数々を小説の中で公開することに同意してくれた店長の大平法正君に心から感謝したい。

かつて経済学を学ぶ学生だった私は「いつか経済学、経営学の知識を織り込んだエンターテインメントを書きたい。そして、社会に資したい」という夢を持っていた。

そして、ついに書いた。このフィクションを書くのに四半世紀を費やした。

社会の問題の半分は経済であろうと思う。

世の中の人に経営と経済に興味を持って欲しいと思う。経営と経済の知識は仕事の役に立つのである。そして、それらの知識を身につけて社会で活躍して欲しい。「ザンギリ」の主人公のように、夢を持っている人は夢を諦めず、人生を前向きに生きて欲しいと思う。

朝、トイレに行ったら、この言葉を思い出して欲しい。

「神に見放されし者は、そのウンを自らの手でつかめ」

やる気と勇気、そして少しの知恵があれば逆境は必ず乗り越えられる、たいていの夢は叶うのである。

これは、私があなたに贈る強烈なピーナッツである。

この本を読んで、一人でも人生を前向きに生きていただけたら、私の人生とこの原稿を意味あるものにできると思う。

さかはらあつし

二〇一七年十二月

文庫化にあたって

この本は二〇一七年十二月に出版した『小さくても勝てます』をベースに学べるエンターテイメント小説として大幅に手を入れたものだ。『小さくても勝てます』を出したのち、二〇二〇年からは京都精華大学で英語を教え始め、二〇二一年からは大阪公立大学大学院経済学研究科では英語で経済学を教えるようになった。文庫化に際しては教えていて得た気づきもできるだけ盛り込むようにした。

私は十九歳の時に自殺を止めてやれなかった友人と京都大学、アメリカの経営大学院と学び、アカデミー賞を取ってスピーチするのだと約束をし、それから三十数年の間、その約束を追いかけた。この物語は留学とシリコンバレーでの起業を終えて日本に戻ってきてしばらくしてからの約十年の経験をベースに書いたものだ。

私は二〇二〇年に『AGANAI 地下鉄サリン事件と私』という映画を発表し、映画は世界の映画祭に数多く招待され賞もいただいた。アカデミー賞長編ドキュメンタリー部門の前哨戦と言われるIDA賞の長編ドキュメンタリー賞にアジア映画唯一の作品としてショートリスト三十本に選ばれたが、惜しくもノミネートはならなかった。

ちょうどそのころ『AGANAI 地下鉄サリン事件と私』の前に作った短編映画を応援してくれた友人で経済学者のポール・ミルグロムがノーベル経済学賞を受賞した。彼にはプロデューサーとしてクレジットをもらっていたので私はノーベル賞受賞プロデューサーと映画を作った映画監督となった。この話を聞いたパリ在住の『AGANAI 地下鉄サリン事件と私』の編集者は「監督、オスカーより権威ありそうですね」と笑った。権威についてはわからないが珍しいことは間違いないと思う。

このように略歴を綴ると何やら傑出して優秀な人物と誤解する人もいるかもしれないが、実は私は勉強が非常に苦手で愚鈍である。浪人一年目の模擬試験では全国で後ろから二番目のブービー賞だったが、四年の浪人、五回目の受験で約束の京都大学になんとか合格した。しかも本試験を受験できたのは最後の一回だけだった。それまで全て足切りされての門前払いだった。私は試験が苦手だったわけではない、勉強が苦手だった。受験制度の変更という幸運もあったが、私は時間をかけて自分に合った勉強法を開発し克服した。私は地下鉄サリン事件の被害者となり後遺症を患った。二〇〇一年にカンヌ映画祭でパルム・ドールをもらう短編映画のプロデューサーとなる幸運に恵まれた。サリンの後遺症で現場で助監督として経験を積めない私は四国霊場一番札所霊山寺に雇われて四国遍路の撮影を一年かけて行った。それが私の映画修業だった。しかし、所用で東京に向かう飛行機の中で原因不明の腰椎の圧迫骨折を経験し無一文で京都に戻った。私がドキュメンタリー映画『AGANAI 地下鉄サリン事件と私』を作ることにしたのはフィクションをPTSDの影響で書くことができなかったからだ。フィクションの創作は意識をユルめなければアイデアは出てこない。幾つもの事件や出来事を経験した私がそれをすると激痛の中に放りこまれるのでできなかったのだ。そして、『AGANAI 地下鉄サリン事件と私』の制作途中、サリンの後遺症、腰椎の圧迫骨折の後遺症とでボロボロになり経済的にも行き詰まった私はこの文庫のベースとなる『小さくても勝てます』の原稿をのたうち回りながら書いた。それしかできることがなかったからだ。そして、その原稿にさらに手を入れて文庫となり、今、私はフィクションの小説を書き始め、また映画を作ろうとしている。ついにPTSDを乗り越えたのである。

何度も言うが、諦めなければ夢は叶うのである。
この本を夢を持つ全ての人に捧げたい。

二〇二二年十一月

さかはらあつし

本書は、二〇一七年十二月、書き下ろし単行本としてダイヤモンド社より刊行された『小さくても勝てます』を文庫化にあたり大幅に加筆・修正し、改題したものです。

本文デザイン　三村　漢

集英社文庫　目録（日本文学）

早乙女貢　続会津士魂三 斗南への道
早乙女貢　続会津士魂四 不毛の大地
早乙女貢　続会津士魂五 開牧に賭ける
早乙女貢　続会津士魂六 反逆への序曲
早乙女貢　続会津士魂七 会津抜刀隊
早乙女貢　続会津士魂八 甦る山河
早乙女貢　わが師山本周五郎
早乙女貢　竜馬を斬った男
早乙女貢　奇兵隊の叛乱
酒井順子　トイレは小説より奇なり
酒井順子　モノ欲しい女
酒井順子　世渡り作法術
酒井順子　自意識過剰！
酒井順子　おばさん未満
酒井順子　紫式部の欲望
酒井順子　この年齢《とし》だった！
酒井順子　泡沫日記
酒井順子　中年だって生きている
酒井順子　男尊女子
酒井順子　家族終了
坂口安吾　堕落論
坂口恭平　TOKYO一坪遺産
さかはらあつし　ピーナッツ一粒ですべてを変える
坂村　健　痛快！コンピュータ学
坂本敏夫　囚人服のメロスたち 関東大震災と二十四時間の解放
佐川光晴　おれのおばさん
佐川光晴　おれたちの青空
佐川光晴　あたらしい家族
佐川光晴　おれたちの約束
佐川光晴　大きくなる日
佐川光晴　おれたちの故郷
さくらももこ　ももこのいきもの図鑑
さくらももこ　もものかんづめ
さくらももこ　さるのこしかけ
さくらももこ　たいのおかしら
さくらももこ　まるむし帳
さくらももこ　あのころ
さくらももこ　まる子だった
さくらももこ　ももこの話
さくらももこ　さくら日和
さくらももこ　ももこのよりぬき絵日記①〜④
さくらももこ　ひとりずもう
さくらももこ　おんぶにだっこ
さくらももこ　焼きそばうえだ
さくらももこ　ももこの世界あっちこっちめぐり
さくらももこ　のほほん絵日記
桜　井　進　夢中になる！江戸の数学
櫻井よしこ　世の中意外に科学的

集英社文庫　目録（日本文学）